Herr Schreiberling

Mercator ist wieder da!

Ein Kunst- Kultur- Projekt im sozialen Netzwerk

Impressum:

Herr Schreiberling

Mercator ist wieder da!

Herstellung und Verlag: BoD-Books on Demand, Norderstedt.

Alle Rechte beim Autor

1. Auflage 2016
© Herr Schreiberling
ISBN 9783739236049

Dezember 2014

Wie alles begann

Immer wieder bekomme ich folgende Fragen gestellt: Wer bist du? bzw. Warum bist du wieder da? Und: Wer ist Schreiberling?

Ich denke, wer ich war, ist bekannt: Der weltberühmte Kartograph und Kosmologe Gerhard Mercator.

Somit stellt sich mehr die Frage: Wer bin ich heute?

Ich war einfach plötzlich wieder da, also ganz konkret komme ich aus der Schulbücherei der Mercatorschule und dort wohne ich auch. Vor den Ferien blieb dort ein Buch offen liegen, so dass ich wohl heraus gefallen bin. Wie es genau ablief, daran habe ich keine Erinnerung. Es war ja wie eine Geburt.

Auf jeden Fall weiß ich, dass ich maximal ein Jahr auf der Erde sein darf, weil ich noch einen Himmelsglobus herstellen muss. Auftragsarbeit vom ganz großen Chef.

Und nun wünsche ich, dass ich mit allen in Gangelt und im alten Herzogtum Jülich befreundet sein kann, zumindest mit denen, die unsere Heimat genau so mögen wie ich und im Zweifel auch bereit wären, nach über 500 Jahren zurück zu kommen, um zu sehen, was sich hier so verändert hat.

Natürlich muss ich mich in dieser neuen Welt orientieren und deshalb unternehme ich immer wieder Reisen, von denen ich euch hier gerne erzähle.

Schreiberling ist ein unwilliger Kerl. Man muss ihn nahezu zu jedem geschriebenen Wort prügeln. Gutes Personal ist einfach schwer zu finden, besonders wenn man keine Zeit zum Suchen hat. Schreiberling besitzt die Fähigkeit, die Rechenmaschine zu bedienen und die Texte, die ich ihm diktiere, halbwegs korrekt zu übermitteln.

Ansonsten ist Schreiberling unwichtig! Deshalb soll er hier auch keine weitere Beachtung finden. Wenn ich nicht mehr da bin, dann darf er sich gerne offenbaren, das sei mir egal. Natürlich habe ich Sorge, dass er ansonsten auch noch eitel wird und für zwei große Menschen ist hier kein Platz.

Manchmal schreibt Schreiberling aber auch in persönlichen Nachrichten selber etwas, obwohl ich ihm das verbiete. Ich hoffe, ihr entschuldigt das. Ich kann leider nicht immer 100 Prozent auf ihn aufpassen. Zum Glück macht er es kenntlich, indem er dann alles mit Großbuchstaben schreibt.

Die Zeichnung entwarf die Künstlerin Kaki Needledwarf. Vielen Dank.

Januar 2015

Reise durch die Gemeinde Gangelt

Jetzt, da ich wieder da bin, habe ich mir überlegt, dass ich mich heute mal im Oppidum Gangelt und in der Umgebung mit einer kleinen Reise umschaue.

Meine Reise beginnt mit einem Besuch beim alten Chronisten Jakobus Kritzraedt am Heinsberger Tor. Wenn Leute wie ihn nicht gegeben hätte, hätte man Leute wie mich vielleicht vergessen.

Von dort bin ich direkt in die nach mir benannten Straße gegangen. Mal ehrlich, die ist ja nichts Besonderes. Da hätte ich mir mehr gewünscht. Ok, ich will bescheiden sein: Dem Protestanten im katholischen Gangelt eine Straße geben, ist schon was.

Am Ende der kurzen Straße wechsele ich nach rechts auf die alte Römerstraße, die nach Sittardt führt.

Schon nach wenigen Metern kenne ich mich schon wieder aus: Da sind ja auf der rechten Seite noch Teile der alten Mauer und links grüßt der Bergfried. Bevor ich aber die Burg besuche, gehe ich erstmal ins Rathaus. Mal sehen, wer hier heute das Sagen hat.

Das kann ja nicht sein. Im Rathaus ist nun ein Kaffeehaus! Davor steht für den Muuhrepenn ein Denkmal. Die Gänse habt ihr also bis heute nicht vergessen?

Über die Gangelter Gänse lachte damals das ganze Herzogtum Jülich. Ich war ja schon lange nicht mehr da, arbeitete gerade an meinen Globen, nachdem ich aus der Haft war, aber von den Gänsen habe selbst ich gehört. Dann hoffe ich mal, dass das Gänsedenkmal euch hilft, nun etwas vorsichtiger und wachsamer zu sein.

Vom Markt gehe ich zu St. Nikolaus. Der Kirchturm war ein herrlicher Punkt zum Anpeilen. Irgendwie erscheint mir die Kirche aber heute größer. Woran mag das liegen? Bin ich tatsächlich mit dem Alter geschrumpft oder habt ihr da was angebaut?

So und nun geht es weiter zur guten alten Burg.

Was ist denn aus der alten Burg von Gothart von Kanzler geworden? Die imposante Burg - weg! Der Burggraben - verschwunden! Nur noch der alte Bergfried trotz der Zeit. Habt ihr keine Angst, euch so ungeschützt den Nachbarn zu präsentieren? Der alte Schaesberg würde sich im Grabe umdrehen, wenn er wüsste, dass nach der Erfahrung mit dem Muuhrepenn ihr den nächsten Burgundern nicht einmal mehr eine Möhre entgegensetzt.

Vor lauter Schreck muss ich mich erstmal setzen und einen Schluck trinken. Da sehe ich eine Herberge, die nach mir benannt ist. Ja, das ist ja mal was! Da sei das mit der unbedeutenden Straße verziehen.

In der Herberge erfahre ich, dass ihr mir ein Denkmal aufgebaut habt. Langsam fühle ich mich geehrt. Ich hatte schon Sorge, dass die Tafel am Kaffeehaus, also am alten Rathaus, alles wäre, was an mich erinnert. Das wäre so beschämend, dass ich es ignoriert und auf keinen Fall hier erwähnt hätte. So ist es aber ein Teil von vielen. Das gefällt mir. Es heißt, dort wo ich Längen- und Breitengrad treffend eingezeichnet hätte, wäre das Denkmal. Das trifft sich gut, das ist Richtung Bredberen, da gehe ich direkt mal schauen, ob die Bredberen auch so mit ihrer Hof ten berge so wie die Gangelter mit ihrer Burg umgegangen sind.

Hoffentlich hat der Saiffelen Bach kein Hochwasser und der ganze Weg ist pratsch.

Der Weg klappt besser als gedacht: Ihr habt die Bäche in tiefe Furchen gelegt, geniale Idee! Kein Matsch und Pratsch, da kommt man sehr gut vorwärts.

Nach einigem Hin und Her, ich dachte schon, mich hätte meine altes Wissen verlassen, finde ich mein Denkmal. Das war ja nicht einfach. Ihr wisst hoffentlich, dass ihr mit dem Ort falsch liegt, das hätte mein Stift im ersten Lehrjahr besser getroffen.

Keine Ahnung von Geographie, aber saubere Schuhe! So ganz weiß ich nicht, was mir lieber ist. Ich will gar nicht undankbar erscheinen. Das Denkmal ist wunderschön, es liegt halt nur am falschen Platz und ich bin Kartograph, da bin ich penibel. Trotzdem bin ich stolz und nach einem kurzem „Hände in die Hüfte und stolz den Bauch nach vorne"-Gefühl, geht es gehobenen Hauptes nach Bredberen.

Ich komme aus dem Schwärmen nicht mehr raus. Was ist aus Bredberen geworden? Die alte Kirche, die zum Gangolfusstift gehörte, ist ein wahrhafter Dom geworden und die kleine Burg ein Palast erster Güte. Wenn das damals so ausgesehen hätte, wäre Bredberen heute auf allen Karten zu finden.

Von so viel Schönheit beschwingt reise ich auf dem Altenburger Land über Hartzel nach Luynbroick und muss sagen: Alles wunderschön! Eine Kirche haben sie auch. Damals war hier überwiegend Wald und Schlamm. Liebe Hartzel und Luynbroicker: Das habt ihr schön hinbekommen!

Auch in Schewrwalderath alles modern und schön, kein Wald und kein Matsch. Und während ich mich so freu, wie gut ihr alles gemacht habt, höre ich ein Zischen und Donnern. Als ich mich vom Schreck erholt habe, erklärt mir ein Herr, das sei die historische Selfkantbahn. Ich glaube es nicht, eine wahrhafte Hochtechnologie und ihr nennt es historisch.

Auf jeden Fall komme ich so nun schnell Op de Berde an. Der Schaffner empfahl mir zwar, bis Gillrath zu fahren, aber die Geschwindigkeit ist nicht mein Ding, da bleibe ich besser zu Fuß.

Berde hätte ich nie wiedererkannt, überall moderne Häuser und nur noch eine Kuhwiese im Dorf. Aber selbst dort keine Kühe. Der Kirchturm, der ist so hoch, der scheint mir höher als der von Gangelt zu sein. Ich sage euch: Die Berder Leute waren immer im Stress mit den Gangeltern, aber einen höheren Turm, als die Gangelter, hätte den halb und ganz Jecken niemand zugetraut. Ich habe den Turm zwar nicht gemessen, aber er sieht auf jeden Fall höher aus und darauf kommt es an.

Ich traf einen Chronisten, er hieß Paul, der meinte, ich solle mir noch das Betkreuz auf dem Weg nach Kreuzrath anschauen.

Chronist Paul meinte sicher Krytzrode, denn ein Kreuzrath habe ich nie eingezeichnet. Das Betkreuz, so erzählte er, sei ein Wallfahrtsort nach einer Marienerscheinung. Leider habe ich keine Erscheinung gehabt, aber als Lutheraner ist mir das wohl nicht vergönnt.

Ich hatte Recht: Krytzrode heißt nun Kreuzrath und liegt noch immer da, wo es hingehört. Hätte mich auch gewundert, wenn die Herren zu Heinsberg den Frohnhof umgelegt hätten. Früher war hier nur ein Hof. Wo kommen all die Häuser her? Und wo ist der Hof?

In der Nähe rieche ich schon wieder Gangelt, da denke ich mir, ich laufe noch nach Stae, Nierenbusch und Hoynbuysche. Am roten Bach interessieren mich die Mühlen und die Töpfereien. Leider musste ich feststellen, dass alles nicht mehr vorhanden ist. Zum Glück finde ich ein schönes Kaffeehaus. Das ist ein guter Platz, direkt am roten Bach steht ein Kaffeehaus. So werden also heute wichtige Plätze markiert.

Gut gestärkt laufe ich den roten Bach entlang in meine alte Heimat Gangelt.

Was soll ich sagen, Gangelt ist schön und die Umgebung auch. Ich habe zwar noch nicht alles gesehen, bald schaue ich noch in Haestelraed vorbei, aber nun ist der Tag vorbei und meine Füße sind vom Laufen so groß und platt getreten, die halten mich sonst da.

Reise nach Hastenrath

Nach meiner ersten Reise im Gangelter Oppidum wollte ich nun noch nach Haestelraed.

Da mir die Füße immer noch ein wenig weh taten (entweder werde ich alt oder ich bin es nicht mehr gewohnt), bat ich meinen Schreiberling mich zu fahren.

Ich wusste mittlerweile, dass er auch eine Motorkutsche besaß, aber er weigerte sich. Er meinte, dass er noch zur Arbeit fahren müsse und ich ihm schon genug Arbeit mit dem Schreiben und dem Internet mache.

Was für eine Arbeit, dachte ich mir. Er solle stolz sein, für mich zu schreiben.

Kurz bevor er aus dem Haus wollte, meinte er, er könne mir ein Taxi rufen.

Aber das kam nicht in Frage!

Ich hatte das mit den Taxen am Rande mitbekommen. Damals war es noch in der Planung, dass Menschen auf einer Sänfte durch Paris getragen werden sollten. Nein, ich war zwar schon alt und es wäre auch nicht unter meinem Niveau gewesen, aber ich wollte mich den Sitten und Gebräuchen der modernen Welt nicht verschließen und brüllte, dass ich niemals auf ein Taxi steige und er mir eine Motorkutsche mit Fahrer besorgen müsse.

Die Motorkutsche ist schon was Besonderes. Zu meiner Zeit reiste ich noch viel mit dem Ochsenkarren, obwohl ich auch die ungarische Kocs mit Pferden manchmal nutzte.

Für meinen Schreiberling waren meine Worte nicht verständlich, so dass ich ein wenig Nachdruck machen musste, bis er mir eine Motorkutsche rief.

Was dann geschah, war etwas Neues: Vor dem Haus stand schon bald eine Motorkutsche und ein junger Mann meinte, mein Taxi sei da. Er bezeichnete also nun die Motorkutsche als TAXI. Ich weiß nicht, in welchem Jahrhundert das babylonische Sprachgewirr begann, aber das war schon seltsam.

Natürlich kannte ich den Weg nach Haestelraed. Und das war auch gut so. Mein Fahrer schien nicht ortskundig zu sein, worauf auch seine südländische Haut und sein Akzent hinwiesen. Auf jeden Fall hatte er noch nie von Haestelraed gehört.

Es konnte natürlich auch sein, dass der Ort einer Namensänderung zum Opfer gefallen war. Das hatte ich ja jetzt schon mit der Bedeutung von „Taxi" und „Kryztrode" erlebt.

So befahl ich ihm den kürzesten Weg. Als wir fast da waren, war der Weg gesperrt. Warum war mir nicht klar. Der Fahrer meinte: „Habe ich Ihnen doch schon beim Einfahren in die Straße gesagt, dass die gesperrt ist. Da stand doch ein Hinweisschild."

Was für eine Schmach! Der führende Geograph kennt den kürzesten Weg. Er sieht sein Ziel. Die Straße ist gepflastert und verläuft dank guter Kartenzeichnungen auf den kürzesten Weg zum Ziel und dann das: Weg Ende!

Warum baut ihr Straßen und lasst sie nicht zum Ziel führen? Wir Kartographen machen uns die größte Mühe und ihr baut Straßen, die auf dem kürzesten Weg zum Ziel führen könnten und entscheidet euch dann für einen Umweg.

Der Fahrer wollte wenden, aber ich stieg aus. Ein Mercator lässt sich nicht ausbremsen. Dann gehe ich halt wieder zu Fuß! Stolz lief ich meinem Ziel entgegen und hörte noch wie der Fahrer mir nachrief: „Bestellen Sie Hastenraths Will viele Grüße!".

In Haestelraed angekommen fühlte ich mich wieder wohl. In Haestelraed lebten früher die Menschen mit den größten Füßen. Das war auch gut. Überall war Wald und wenn es brannte, wussten die Menschen sich zu helfen: Patsch, patsch, patsch liefen sie im Kreis und traten alle Flammen aus.

Was mir aber nicht bewusst war, ist, dass in Haestelraed mittlerweile auch Kleinwüchsige leben. Aber ein Haus in einer Wiese zu meiner Linken ließ daran keinen Zweifel.

Schon bald kam ich an eine neue Kirche. Die konnte noch nicht lange stehen. Der Katholizismus scheint in der Gemeinde wirklich Bestand zu haben. Gut, dass ich heute hier in Haestelraed als Reformer keine Probleme mehr bekomme. Aber die Jungfräulichkeit Mariens ist ein Problem für einen gebildeten Mercator.

Im Dorf traf ich einen jungen Mann, der einen Mantel aus leuchtendem Tuch trug. Ich sprach ihn an, da mir der Kontakt zur Bevölkerung immer wichtig ist. Er stellte sich mit Andie vor. Er sei bei der Feuerwehr. Ich musterte ihn und stellte fest, dass er keine großen Füße hatte. Sie waren ganz normal. Auf meine Frage, wie er denn das Feuer ausmache mit so kleinen Füssen schaute er mich fragend an und meinte: „Hast du Helm brennen oder willste mich verarschen?" Da ich die Frage nicht ganz verstand, wollte ich ablenken und fragte ihn, wo Hastenraths Will wohnt, da ich noch Grüße vom Fahrer der Motorkutsche ausrichten wolle.

Ich weiß nicht, wer Hastenraths Will ist, aber irgendwie hatte das Abschweifen auf das Thema nicht ganz die erhoffte Wirkung gehabt, so dass ich mich entschied, das Gespräch zu beenden und weiter zu gehen.

Mit meinem Weggehen wurde Feuerwehrmann Andie wieder ganz freundlich und rief mir nach: „Genau die Richtung, da kannste Land gewinnen!" Während ich Richtung Saiffelen lief und fast aus Hastelraed raus war, wurde mir einiges klar.

Ich sah ein okkultes Ritual zur Ehrung eines Storches, der angeblich die Kinder bringt. Genialer Schachzug der Kirche, dachte ich mir. Die Jungfrauengeburt ist nur glaubhaft, wenn die Leute glauben, dass der Storch normalerweise die Kinder bringt. Ein Mythos schafft den nächsten. Da braucht man nichts mehr zu hinterfragen.

Zurück lief ich ein Stück den Saiffelbach entlang und bog vor Bredberen zurück nach Gangelt. Sicherheitshalber hielt ich einen Abstand zu Haestelraed.

Mose

In den nächsten Tagen möchte ich nach Hillenssberg reisen. Früher lebte in Hillenssberg Mose, mein früherer Lehrling. Gangelt hat Mose eine Menge zu verdanken. Aber das erzähle ich später.

Nun möchte ich euch erzählen, wie Mose mein Lehrling wurde.

Nach meiner Haft lebte und arbeitete ich in Duisburg. Ich hatte zunächst nicht so viele Bekannte. Duisburg hatte damals schon über 2500 Einwohner. Eines Abends kam mein Freund Isaak vorbei. Isaak war Jude und hatte eine kleine Metzgerei auf meiner Straße. Isaak war mir schon einige Male behilflich gewesen. Immer wenn in der Metzgerei nicht so viel zu tun war, war er froh, wenn er sich ein paar Pfennige als Schreiberling bei mir verdienen konnte.

Wie fast alle Juden hatte er eine gute Schulbildung genossen. Das konnte man von den christlichen Handwerkern und Metzgern nicht behaupten. Ich hatte kein größeres Problem mit Juden, obwohl Luther sie in seinen späteren Schriften verteufelte. Mir war der Isaak lieb und dienlich.

Natürlich konnte er sein Fleisch nur an die jüdische Gemeinschaft verkaufen und die war stark nach Osten abgewandert. In früherer Zeit wurden die Juden verfolgt. Zu meiner Zeit hatte sich die Situation aber schon wieder beruhigt. Lag sicherlich auch daran, dass nicht mehr viele Juden da waren.

Isaak kam schnell zur Sache. Er wolle seiner Familie folgen, da es in Duisburg für einen jüdischen Metzger nicht mehr genug Arbeit gab. Er müsse seine Familie ernähren und sein Sohn könne auf keinen Fall den Betrieb in Zukunft führen.

Das war richtig. Wobei das nicht nur an dem fehlenden Kunden lag, dachte ich mir, denn Mose, sein Sohn, war auch kein Mann für den Metzgerberuf. Er war schmächtig, hatte keine Muskeln und war oft kränklich. Aber er war stets freundlich und kam in der Schule gut zurecht. Nun fragte Isaak frei heraus, ob ich Mose in die Lehre nehmen könne.

„Nein, ich bilde doch keinen Juden aus!" wollte ich sagen, aber dann sah ich die Augen meines Metzgerschreiblings und stockte, bevor ich sprechen konnte.

Ich drehte mich weg und stöhnte: "Ich kann ihm aber nur die Hälfte zahlen und wenn er nicht pariert, schicke ich ihn zum Teufel."

Isaak war glücklich. Er umarmte mich und sagte: „Er wird dir keine Scherereien machen. Er wird dich ehren und dir gut behilflich sein." Ich wusste nicht so recht, was ich sagen sollte, also schwieg ich.

In der Früh war Isaak in der Schreibstube. Er war drei Jahre mein Lehrling und er war mir sehr behilflich. Er war bei allen wichtigen Reisen dabei, natürlich auch nach Gangelt. Nach der Lehrzeit zog es ihn nach Hillensberg, wo er bis zu seinem Tod lebte.

In den nächsten Tagen möchte ich sehen, wie es Hillenssberg ergangen ist.

Reise nach Hillensberg

Gestern lief ich am roten Bach nach Hillenssberg.

Die alte Straße nach Maestreecht wollte ich nicht nehmen, da die Motorkutschen doch sehr viel Hektik verbreiten. Ich war gespannt, ob der alte Hohlweg noch vorhanden war. Als ich Hillenssberg von weitem sah, dachte ich: Das ist ja eine unveränderte Struktur. Die alten Lehnshöfe unten und oben und die aus dem Maeskiesel gebaute Kirche.

Aber bei näherer Betrachtung fiel auf, dass die Kirche ganz neu gebaut war. Damals war es eine Hallenkirche, die aber als unabhängige Pfarre von den unteren und oberen Gutsherren bezahlt wurde.

Für Mose und für mich war Hillensberg zunächst wegen des Schlouner Bergs mit seinen 100,4 Metern wichtig. Später als Mose dort lebte, war ich natürlich häufiger bei ihm zu Besuch.

Und als ich gestern in der Kirche die Heiligenfigur von Mose sah, da fiel mir alles wieder ein.

Zu meiner Zeit lebte Diederich von Hillensberg in Jülich. Er war dort Zöllner des Kaisers und hatte ein eigenes Haus hinter der Kirche im Dümpel.

Diederich war von Hillensberg weggegangen, weil er mit dem protestantischen Glauben sympathisierte. Dies war in der Pfarrgemeinde Hillensberg nur schwer zu gestalten. Aus diesem Grund verpachtete und verkaufte er Land und zog nach Jülich.

Mein Schreiberling Mose und ich waren damals wochenlang in Jülich und vermaßen neue Grenzlinien. Dies ist für einen Kartographen ein zweischneidiges Schwert. Ein echter Kartograph hasst Grenzen. Grenzen gehören eigentlich nicht in ein gutes Kartenwerk. Sie sind nicht beständig wie Berge, Täler oder imposante Bauten.

Leider ist man aber als Kartograph auf die Grenzzeichnung angewiesen, weil die Auftraggeber häufig Fürsten und Herzöge waren. Diese wollten genau wissen, wo der Kartograph die Grenze zog, um sie anschließend wieder durch Heirat oder Krieg zu verschieben. So war es eine Sisyphusarbeit.

In Jülich war es aber damals anders gewesen. Dort musste alles neu gezeichnet werden, da nach einer Feuersbrunst die ganze Stadt abgebrannt war und nun modern und neu angelegt wurde. In dieser Zeit lernten wir Diederich von Hillensberg kennen. Diederich war von einem kleinen Adelsgeschlecht und hatte ein wenig Vermögen angespart. Da er natürlich als kaiserlicher Zöllner auf sein Geschlecht aufmerksam machen wollte, benötigte er ein Wappen und Siegel.

Eines Abends, Mose und ich hatten Papier und Feder auf einem Wirtstisch ausgebreitet um die Tagesnotizen zu verarbeiten, trat Diederich auf uns zu. Er fragte, ob wir Zeichner wären und ihm sein Wappen zeichnen könnten. Diederich hatte genaue Vorstellungen vom Wappen. Er meinte, ein ähnliches hätten schon seine Großväter gehabt, aber er könne es selber nicht zu Papier bringen.

Mose zog seinen Graphitstift, zog einige schnelle und schwungvolle Linien und entwarf das Wappen zu Hillensberg.

Am nächsten Abend kam Diederich wieder ins Wirtshaus und schenkte Mose eine Figur vom katholischsten aller Engel. Diederich meinte, dass er als Protestant keine rechte Verwendung mehr für den Heiligen habe, der Engel aber sicherlich von hohem Wert sei.

Ich drehte mich weg, damit Diederich mein Schmunzeln nicht sah. Er schenkte einem Juden eine Heiligenfigur, weil er sie als Protestant nicht mehr brauchte. Natürlich wusste Diederich nicht, dass Mose Jude war.

Mose bewahrte die Figur auf und meinte, dass sie ihm noch gute Dienste erweisen werde. Mose war ein Schlitzohr. Seine Tricks hatte er scheinbar bei der Sisyphusarbeit des Grenzenzeichnens vom Sisyphos persönlich gelernt.

Jahre später kaufte Mose ein Stück von Diederich von Hillensberg und zog nach Hillensberg. Er selber erzählte aber nirgends, dass er Jude war.

Hillensberg war eine eigene Pfarrgemeinde. Eigentlich wäre es aufgefallen, wenn Mose sonntags nicht zur Kirche ging. Aber er sprach mit den Stiftsherren vom unteren Gutshof, dass er nicht würdig sei, das Gotteshaus zu betreten. Er wolle dem Gotteshaus aber eine Heiligenfigur schenken.

Da eine Pfarrgemeinde die hohen Kosten der Kirche selber tragen musste, war das Geschäft schnell geschlossen.

Reise nach Sittard

Ich lief eben durch die Nacht. Plötzlich hielt der Fahrer einer Motorkutsche und meinte: "Du musst Mercator sein. Komm, steig ein, ich lade dich auf ein Met in Sittard ein." Das ließ ich mir nicht zweimal sagen. Zunächst war mir nicht klar, wie er mich erkannt hatte, bis er sagte, dass er ein Herold sei.

Bei „Hein un Köp"

Gestern ist mir aufgefallen, was ich seit meiner Rückkehr am meisten vermisse:

Schwangere, Säuglinge, Kleinkinder, Kinder, Jugendliche.

Wo sind die?

In meiner Zeit waren die überall. Habt ihr die weggeschlossen?

Aber gestern waren sie da!

Ich war auf dem Weg zum Gutshof von „Hein un Köp" in Stae.

Ich hatte eine Einladung unter meiner Tür gefunden und dachte, es gehe um die Stallberäucherung wegen dem Ende der Raunächte. Es ist zwar ein katholischer Brauch, aber da ich eingeladen war, wollte ich nicht absagen und hoffte natürlich auch gut bewirtet zu werden. Ich hatte gerade den roten Bach verlassen und war nach links Richtung Stae abgebogen.

Zunächst dachte ich, ich bin nicht mehr alleine in der neuen Zeit, denn endlich sah ich in der Ferne normal gekleidete Menschen. Da ich mir nicht sicher war, was genau die vorhatten, versteckte ich mich hinter einem Strauch.

Dann dachte ich, es sei eine Räuberbande. Sie gingen an alle Häuser und mitunter stürmten sie das Haus. Sie kamen anschließend zum Teil voll beladen aus den Häusern, was den Räubergedanken verschärfte. Auch die Tatsache, dass sie seltsame Hinweise auf den Hauswänden hinterließen, konnte ein Indiz für Räuber sein, die nachfolgende Banden informieren. Ich bemühte mich, den Geheimcode zu entziffern. Er bestand aus Zahlen und Buchstaben, die addiert wurden. Die Buchstaben könnten evtl. für Cäse, Butter und Milch stehen. Ein Hinweis, dass der Raub von Nahrungsmitteln lohnt.

Ich blieb hinter dem Strauch und beobachtete die Bande weiter.

Auf einmal trat ein Penz vor den Strauch und würgte, bis er mir auf die Füße kübelte.

„Kevin, das war wohl zu viel Süßes für dich", hieß es aus dem Hintergrund, während etwas wie Pfefferkuchen von meinen Füßen rutschte.

„Nee, war nich zu viel. Geht auch wieder, Frau Rateischeg."

Zum Glück wurde ich nicht entdeckt. Nicht dass ich immer noch glaubte, dass es Räuber waren, aber als führender Geograph konnte ich mich nicht mit Pfefferkuchen an den Füßen sehen lassen. Also blieb ich noch kurz sitzen und als die Luft frei war ging ich zum Hof von Hein und Köp.

Vor dem Hof wollte ich meine Schuhe noch grob mit Gras reinigen, aber da kam schon ein junger Mann. Er war der Knecht von Hein und Köp und meinte, sie hätten meine Ankunft angekündigt, wären aber noch nicht da.

Der Knecht war nett. Er kam aus Babylonien, führte mich in den Stall, reichte mir Lappen zur groben Reinigung und verschwand mit den Worten „feier Abend".

Ja, das klang doch vielversprechend.

Auf einmal traten Hein und Köp in den Raum und im Gefolge Kevin, Frau Rateischeg und die anderen Pänz. Einer trug einen Stern und drei waren als König verkleidet. Kevin schwenkte ein Turibulum und war bleich um die Nase.

Hein stellte mich vor mit den Worten: „Das ist der Straßenzeichner der B56n", vor. Auch wenn ich den Titel nicht verstand, hörte er sich ein wenig ungebührend an. Aber bevor ich mich selber vorstellen konnte, klang es: „Stern über Bethlehem, zeig' uns den Weg …"

Nach einigen weiteren Versen verstand ich, dass ich mitten in einem Theaterstück zu den „Weisen aus dem Morgenland" war. Frau Rateischeg erklärte mir anschließend etwas von Epiphanie und dass die Weisen erste Missionare waren und die Kinder ihnen mit guter Mission folgen. „Kinder für Kinder" sagte Kevin stolz und schob sich zwei Pfefferkuchen zwischen die Backen.

Kinder kämpfen darum, dass sie nicht eingesperrt werden und eine Frau Rateischeg führt sie an. Das ist wunderbar.

Epiphanie war zu meiner Zeit noch was anderes und wurde auch gefeiert. Aber ihr habt es verbessert.

Unser Musiktitan Giovanni Pierluigi da Palestrina hatte sogar einen Gassenhauer, „Vergine Bella", komponiert, der oft gespielt wurde.

Als die Pänz und Frau Rateischeg weg waren, holte Köp drei saubere Stühle und Hein einen Kartoffelschnaps.

Was danach passierte, weiß ich nicht mehr.

Die Jungfer von Waldfeucht

Liebe Freunde,

ich bekam eine Nachricht mit der Bitte, dass ich Waltvucht einmal besuchen soll. Das werde ich auch in den nächsten Tagen tun.

In Waldvucht war ich damals häufiger. Gut erinnere ich mich an den Spätsommer von 1542 in Waltvucht.

Damals lebte ich noch mit meiner Familie in Loewen. Catherine war gerade geboren und meine Frau wünschte, dass sie getauft wird. Ich bevorzugte zwar damals die Erwachsenentaufe, aber in erzieherische Angelegenheiten hatte ich mich nicht einzumischen.

Mein Schulfreund Hermann Krekelberg aus der früheren Lateinschule war mittlerweile Küster und Lehrer in Waltvucht. Dort gab es nämlich seit 1540 eine reformierte Gemeinde. Wenn schon eine Kindertaufe, so sollte Hermann Taufpate werden.

Waltvucht war damals die Perle zwischen Maas und Wurm. Waltvucht war bekannt und zu Reichtum gekommen, weil es auf der Handelsroute der Römerstraße von Heerlen nach Xanten lag. Dies führte schon bald zu blühendem Handel, einem eigenen Markt und der Tatsache, dass viele Handwerker dort sesshaft wurden.

Leider führte es aber auch dazu, dass die Preise in Waltvucht anstiegen und eine gewisse Schickeria sich niederließ. Als sparsamer Protestant war ich deshalb für Übernachtungszwecke an Gangelt gebunden.

Einige Wochen vor meiner Ankunft hatte es in Waltvucht eine schlimme Feuersbrunst gegeben, bei der viele Häuser und Werkstätten vernichtet wurden. Das Feuer war in einer kleinen Bockmühle ausgebrochen und hatte anschließend die halbe Stadt erfasst.

Nun ging es darum alles neu aufzubauen, natürlich auch die Mühle.

Der Sohn vom Müller war in Hermanns Klasse und als Hermann vom Neubau der Mühle hörte, bat er mich, Zeichnungen von mechanischen Übersetzungen mitzubringen, wie sie in den modernen flämischen Gebieten schon gebaut wurden.

Mit Skizzen von damals modernen Kokermühlen im Gepäck reiste ich nach Waltvucht. (Die Kokermühle dürft ihr nicht mit den Erdholländern verwechseln, wie ich einen in Bredberen sah. Diese Technik ist mir noch nicht vertraut. Sie muss jünger sein.)

Obwohl es zunächst einige Proteste gegen eine neue Mühle innerhalb der Stadtmauer gab, weil viele Angst hatten, dass mit dem Staub die nächste Feuerkatastrophe vorbereitet wurde, konnte die wunderschöne Form der Kokermühle überzeugen. Mit ihrer schlanken Taille erinnerte sie an eine schöne Jungfer. Am Ende konnte sich das fortschrittliche Waltvucht der Schönheit innerhalb der Mauern nicht verschließen, so dass die Mühle gebaut werden konnte.

Wobei ich nicht sagen möchte, dass nicht auch Geld eine Rolle gespielt hatte. Natürlich war der Müller ein angesehener und wohlhabender Mann. Der Mühlenzwang sicherte ihm sein monatliches Einkommen.

Nach wenigen Wochen stand die Kokermühle. Sie war eine wunderschöne Jungfer, die dem Müller leider kein Glück brachte.

Die Saison hatte gerade begonnen, als er vom Flügel der Jungfer erfasst und mitgerissen wurde. Hermann sah es als Erstes, weil er gerade die Glocke von Trier schepperte. Er lief schreiend zur Mühle und machte mit seinem Schreien sowohl den Sohn vom Müller als auch mich auf das Unglück aufmerksam.

Als wir ankamen, hieften wir den schwerverletzten Müller auf einen Ochsenkarren und brachten ihn noch ins Hospiz von Waltvucht. Trotz aller medizinischen Hilfen überlebte er die kommende Nacht nicht. Die wunderschöne Jungfer war ein Witwenmacher.

Reise nach Waldfeucht

Vorgestern hatte nun endlich der Wind aufgehört zu stürmen. Tagelang hatte ich mich in das notwendige Studium der Bücher verkrochen, um die Moderne besser zu verstehen. Wobei das drinnen Hocken nicht unbedingt für gute Laune sorgt.

So war es vielleicht auch nicht verwunderlich, dass ich am Freitag mit Schreiberling in Streit geriet.

Wie oft war ich früher mit einem Ochsen an der Karre unterwegs gewesen, um meine Arbeiten erledigen zu können. Nun hatte ich mich schon damit abgefunden, dass Schreiberling mich nicht immer fahren wollte. Somit sah ich es nun als Möglichkeit, mehr Unabhängigkeit von meinem Gehilfen zu erlagen, indem ich ihn beauftragte, mir eine Motorkutsche oder wie er es nannte, ein Auto zu besorgen. Ein selbstfahrendes Fahrzeug kann wohl kaum schwieriger als ein Ochse zu steuern sein. Er stöhnte daraufhin aber nur, dass ich keinen Führerschein habe und nicht Auto fahren dürfe. Ich weiß nicht, was es mit dem Führerschein auf sich hat, aber mir kam der Gedanke, dass mein Schreiberling mich in Abhängigkeit halten wollte.

Aber da hat er den Falschen vor sich: Ich, Mercator, habe einen Großteil von Europa auf matschigen Wegen bereist und werde mich nicht von einem Schreibgehilfen in Ketten legen lassen.

Also reiste ich wie schon so oft zu Fuß.

Ich möchte kein Geheimnis daraus machen, dass ich gehofft hatte, dass sich jemand aus dem Waltvuchter Städtchen als ortskundiger Führer anbietet. Waltvucht als Perle zwischen Maas und Wurm vermutete ich größer als Sittard. Dort hatte ich ja zum Glück einen ortskundigen Herold.

Was soll ich sagen: Ich wäre glatt an dem, was ihr Waldfeucht nennt vorbei gelaufen, wenn es dem mittelalterlichen Waltvucht nicht so ähnlich gesehen hätte. Aber es war ja gar nicht gewachsen. Es war auch keine Stadt mehr. Es war nur noch ein Dorf!

Mein erster Eindruck war: Es ist schön, aber was habt ihr gemacht? Habt ihr den Fortschritt verschlafen? Was habt ihr mit den Talenten gemacht? Obwohl die Menschen glücklich wirkten, entdeckte ich nichts Wirtschaftliches, was an den einstigen Reichtum erinnerte.

Ich mag wohl ausgesehen haben, wie ein verstörter Zeitreisender, als mich ein Mann ansprach, der behauptete er sei von den Driesch. Was er mir damit sagen wollte, konnte ich zunächst nicht einordnen. Ja, wie reagiert man schon, wenn jemand sagt, dass er von der Weide kommt. Ich dachte mir, das es vielleicht eine moderne Begrüßung sei und erklärte, dass ich von Gangelt sei.

Der Mann von der Weide fragte, ob er mir Waldfeucht zeigen solle. Ich war natürlich einverstanden.

Auf der Rochusstraße gingen wir am alten Wall entlang zu einem recht modernen Schloss, welches mir ausführlich als Rathaus beschrieben wurde. Danach ging es zu St. Lambertus, was mir ein wenig Unbehagen machte. Ich fürchtete, dass gleich wieder die Glocke von Trier schepperte und ich meinen alten schweren Erinnerungen ausgesetzt wäre. Doch zu meiner Überraschung war der Klang der Glocken wohltuend. Da habt ihr einen schönen städtischen, naja, dörflichen Klang. Der Mann von der Weide meinte, wir sollen nun ein Eis essen, um uns ein wenig besser kennen zu lernen.

„Eis, jetzt?", fragte ich.

„Ist es Ihnen zu kalt für Eis?"

„Ja, wohl eher zu warm. Wie wollen Sie das denn jetzt bekommen?"

Zu meiner Zeit habe ich auch einmal am kaiserlichen Hof eine Eisspeise gegessen. Doch die Produktion von Eis war sehr schwierig und die Rezepte waren kaiserliches Staatsgeheimnis - und nun soll es hier Eis geben? Es war zwar ein kalter Wind, aber gefroren hatte es ja nicht.

Dann fiel mir ein, dass ich während einer Vermessung auf der Insel Maiorica Schneehäuser kennengelernt hatte. Sollte die Eroberung der Spanier im Rheinland etwa diesen Fortschritt nach Waldfeucht gebracht haben?

Also aßen wir im Schatten und unter dem nun schönen Geläut von St. Lambertus Eis. Ich war fasziniert.

Der Mann von der Weide, der auch weiterhin mit von den Driesch angesprochen werden wollte, bemerkte mein Interesse für historische Dinge. Dann meinte er, er habe da noch einen Geheimtipp und ging schnell los. Von der Richtung war mir schnell klar, wohin es gehen sollte: Zum Tilder Hof. Doch zu meiner Überraschung war der nicht mehr da. Gegenüber der Talsohle lag zwar der Thilt, den mein Führer fälschlicherweise als Berg, genauer Bollerberg, bezeichnete und den er mir stolz präsentierte.

„Den haben wir auch noch!", sagte er stolz. „Von der Burg ist leider nichts mehr übrig."

Ja, wie auch. Schon zu meiner Zeit, war es nur ein Hügel, auf dem Verliebte sich abends heimlich zurückzogen. Das Bauholz wäre ja verrottet, wenn es nicht auch als Brennmaterial im Haus Thilt genutzt worden wäre.

Oben angekommen setzten wir uns auf eine Bank. Alles wie früher, dachte ich. Nun erzählte ich dem Mann von der Weide, wie es früher in Waldfeucht war und dass ich ein wenig enttäuscht wäre, dass von der damaligen Wirtschaftskraft nichts mehr übrig ist. Ich dachte mir, die Perle zwischen Maas und Wurm den Säuen zum Fraß vorgeworfen. Wobei ich dies nicht laut aussprach.

Der Mann von der Weide meinte, damals sei Waldfeucht ja auch wegen der wichtigen Handelsstraße zu Reichtum gekommen. Heute müsse niemand mehr auf dem Weg von Xanten nach Heerlen eine Übernachtung in Waldfeucht machen. Wobei er als Busfahrer, was er beruflich sei, sich eine bessere Verkehrsanbindung wünsche.

Aber dafür gäbe es ja nun in Waldfeucht den Tourismus.

Das sagte mir nichts.

Er erklärte, die Leute strampeln auf dem Drahtesel durch die Gemeinde und erholen sich. Dabei kaufen sie ein oder bauen gleich ihr Häuschen hier.

„Drahtesel?"

„Ja, ein Fahrrad halt!" Ich schaute wohl wieder verwirrt, so dass er es mir genauer erklärte.

Das klang interessant: Der Ochsenkarren wurde durch den Drahtesel ersetzt, und auch dafür ist kein Führerschein notwendig. Warum hatte mir das mein Schreiberling nicht gesagt?

„Ich brauche einen Drahtesel!" rief ich.

Der Mann von der Weide kannte sich wirklich aus. Er ging mit mir zurück zu einem Händler und wechselte ein paar Worte, bis man mir einen Drahtesel zur Verfügung stellte.

Die Bedienung eines Drahtesels ist nicht einfach! Aber nachdem der Sattel niedrig gesetzt war, klappte es schon bald gut. Der gute Händler erkannte sofort, dass ich die Steigbügel nicht brauche und schraubte sie ab, sodass ich nun vergnügt über seinen Hof rollte oder sagt man ritt?

Das Tollste war, dass ich meinen Drahtesel geschenkt bekam. Der Händler bestand nur darauf, dass ich den anderen Bewohnern in meinem Gangelter Haus das nicht verrate. Ich weiß nicht, was der glaubt, mit wie vielen ich in der Mercatorschule wohne.

Nun bin ich dank Drahtesel ein freier und mobiler Mann!

Mittlerweile war es Zeit, dass ich nach Hause aufbrach. Der Mann von der Weide lief noch ein Stück neben mir, als ich riesige, aber superschlanke Windmühlen sah.

„Was ist das?"

„Windräder. Die produzieren Strom. Da muss nur der Wind wehen und die Leute verdienen Geld, indem sie Strom verkaufen."

Das ist genial! Meine alte Mühlentechnik wurde weiter entwickelt, sodass heute alle in Waldfeucht ohne zu arbeiten Geld mit Strom verdienen. Das ist Hightech.

Waldfeucht, du hast es doch geschafft!

Auf dem Rückweg wollte ich noch an Brunsdrode vorbei. Das ist so ein altes Ding bei mir. Damals habe ich dort einmal eine kleine Madonna im Feld versteckt, weil ich in der Nähe Personen sah, und mir nicht sicher war, ob sie mich ausrauben wollen. Die Madonna war für Moses aus Hillensberg. Der wusste sich ja mit den Heiligenfiguren zu helfen. Leider habe ich sie später nicht mehr gefunden, sodass ich immer, wenn ich in der Nähe war, nochmal geschaut habe, ob ich sie finde.

Leider war dies nicht mehr möglich, weil auf dem Feld nun eine Klosteranlage steht.

Durch den Umweg war es mittlerweile dunkel geworden und ich hatte keine Kerze, wie andere Drahteselreiter sie hatten, dabei.

Somit hupten Autofahrer und meinten, ich solle mit Licht fahren.

Plötzlich rums, ich flog in einem hohen Bogen vom Drahtesel in den Kitschbach. Dann wurde es schwarz.

Am Morgen wachte ich auf, aber ich konnte mich noch nicht richtig bewegen und musste liegen bleiben.

Stunden später hörte ich eine Motorkutsche und mein Schreiberling stand vor mir.

„Was liegst du denn da? Ich habe mir Sorgen gemacht und dich schon überall gesucht. Zum Glück habe ich das Fahrrad am Straßenrand gesehen und angehalten. Hier im Graben sieht dich ja niemand."

Zunächst war ich mir nicht sicher, ob ich ihm das Missgeschick erklären oder behaupten solle, dass ich als Kosmologe auch Bodenuntersuchungen an ungewöhnlichen Stellen durchführen muss.

Aber da ich ja wusste, dass ich ihm später alles diktieren muss und er es dann ja sowieso erfährt, sagte ich die Wahrheit und schob auch leise hinterher, froh zu sein, dass er mich gefunden hatte.

Vorbereitung für Berlin

Liebe Freunde,

zunächst war ich verwirrt. Mein Schreiberling Michael Dohmen hatte sich scheinbar über meine Person informiert. Bislang tat er ja immer so, als ob ihm egal wäre, wer ich bin.

Nun stand er aber vor mir und meinte: „Du warst doch auch Instrumentenbauer?"

„Nein, ich bin Instrumentenbauer!"

„Wie, wann hast du denn das letzte Instrument gebaut?"

„Ja, was weiß ich. Nur weil das eine Weile her ist, heißt das doch nicht, dass ich das nicht mehr bin. Ich habe noch Portativs gebaut und später experimentierte ich mit Positivs!"

Ein nichtssagendes: „Ah so?" und einen dummen Blick hatte mein Schreiberling für mich übrig.

„Ist ja auch egal. Ich habe ein Saundsistem ersteigert und muss das in Berlin abholen. Wenn du willst, kannst du mit. Ich werde heute Abend losfahren."

Saundsistem war ein Instrument, welches ich nicht kannte, aber meine Neugier ist geweckt.

Heute Abend geht es nun nach Berlin. Aus diesem Grund werdet ihr zwei Tage nichts von mir hören.

Bis Bald

Euer Gerd

Über Schierwaldenrath nach Berlin

Schreiberling hatte geplant, durch die Nacht zu fahren.

„Dann sind wir morgens in Berlin, ruhen uns kurz aus und ich fahre abends wieder zurück."

Ich weiß ja nicht wie weit Berlin heute weg ist, aber mir kam das doch sehr rätselhaft vor. In so kurzer Zeit nach Berlin und zurück. Aber ich wollte mich überraschen lassen. Aus der Mercatorschulbücherei nahm ich mir noch ein wenig Reiselesematerial mit. Ich muss sagen, ich bin ein Freund von den Gebrüdern Grimm geworden. Tolle Autoren. Schreiberling meinte, das seien doch Märchen. Ich fand die klasse. Zu meiner Zeit wurden solche Geschichten noch nicht aufgeschrieben, sodass man immer einen guten Erzähler brauchte.

Da ich die Gebrüder Grimm schon gelesen hatte, wählte ich ein nebenstehendes Buch aus und fühlte mich für die Reise gut gerüstet.

Um 18 Uhr war Schreiberling an der Mercatorschule und lud mich ein. Ich saß gerade im Auto, als er meinte: „Ach, ich muss nochmal schnell zu Hause reinspringen. Ich habe ein neues Navigationsgerät, das möchte ich ausprobieren. Das interessiert dich doch sicher auch."

Also nochmal zu ihm. Während ich im Auto wartete, hörte ich Wölfe heulen. Ich bekam eine rasende Panik. Nun habe ich schon gehört, dass in Gangelt Wölfe sind, aber das ist bei Menschen wie mir eine Urangst. Aus diesem Grund lief ich davon. Das Beste, wenn man flüchtet, ist, wenn man in die entgegengesetzte Richtung läuft.

Ich bin in meiner Panik gerannt und gerannt. Bei Wolfsgeheul kenne ich nichts. Schreiberling würde alleine nach Berlin fahren, mich in so einer Situation mich alleine lassen, da kenne ich nichts.

Es war stockdunkel als ich zur Ruhe kam und ich war schon in Bredberen, als ich in der Ferne einen leisen Glockenklang hörte. Bing, bing, bing.

Es war ein leiser Glockenton. Fast ein Gis, nicht genau, aber das ist bei Glocken auch schwer. Bing, bing, klang es durch die Nacht.

Magisch wurde ich, nachdem ich mich zuvor getrieben fühlte, nun angezogen. Ich musste dem Klang folgen. Der Klang kam aus Osten und so lief ich auf dem alten Kirchweg nach Schewrwalderadt, wobei der Klang von noch weiter weg kam. Vielleicht kam es von den Scherhöfen in der Nähe des Holzwegs. Der Boden war zum Glück leicht gefroren, rund um den Saiffelbach ist es sumpfig. Immer schön oben auf dem Weg der Hügelkette bleiben, jetzt bloß nicht verirren, dachte ich. Ich wusste, dass wenn ich nur leicht ins Saiffelbachtal gehe, der Sumpf mich schnell festhalten konnte.

Ich war ganz alleine. Ich stand in den Feldern. Es war eisekalt und dunkel. Es wäre absolut still gewesen, wenn nicht der Klang der Glocke vom Wind zu mir getragen worden wäre. In regelmäßigen Abständen kam das Bing, bing, bing.

Viele hätten sich sicher gefürchtet, doch ich war ganz ruhig. Es war geheimnisvoll, der Wechsel zwischen dem Klang der Glocke und der Totenstille. Ich hatte das Gefühl, dass ich angelockt werde und ich war mir nicht sicher, ob es gut war, alleine im Dunkeln weiterzugehen. Nun hörte ich im Rücken St. Maternus schlagen. Ich zählte die Schläge. Es waren zwölf. Mitternacht. Schon bald klang wieder die Glocke mit dem Gis und nun glaubte ich, dass ich auch Kinderstimmen im Wind hörte, doch das war unmöglich. Alle Kinder würden schon lange schlafen.

In Schewrwalderadt und den Schewr Höfen sind immer Kinder. Wenn sie so um die 14 Jahre alt sind, das schaffen natürlich nur die Stärksten wegen dem ersten kritischen Lebensjahr und der Pocken, ziehen sie in der Regel weg. Es sei denn die Pest sorgt dafür, dass die Älteren sterben. Die kleinen Felder oberhalb des Sumpfwaldes können nicht alle Menschen ernähren. Aber jetzt würden sie schlafen.

Der Weg in Schewrwalderadt war menschenleer. Die Fensterklappen geschlossen und der Wind zog durchs Dorf. Eine Katze wechselte nur kurz die Wegseite und schlich unter ein Tor.

Plötzlich waren die Kinderstimmen wieder da. Sie kamen von den Scherhöfen, wo ich auch meinte, dass der Glockenklang herkam. Und als ich in unmittelbarer Nähe stand, sah ich Fackeln brennen. Ich verließ kurz den Weg und schlich das letzte Stück durch den Wald. Nasse Kälte zog in meine Schuhe und die Kälte machte sich breit.

Irgendwann konnte ich das Geschehen auf den Schewr Höfen beobachten:

Es standen dort Ritter. Auf dem Wappen und Schild trugen sie den schwarzen, rotbewehrten Löwen auf goldenen Grund und unter ihnen stand ein Ritter in edlem Tuch. Es waren unsere Ritter, so dass ich mich aus meinem Versteck traute und zu ihnen hin ging. Dort stand er tatsächlich: Herzog Wilhelm V.

Weil es nicht ungefährlich ist, sich in der Nacht heimlich Rittern zu nähern, kniete ich, sobald ich in ihrer Nähe war, und grüßte laut: „Seid gegrüßt, Eure Hoheit Wilhelm Herzog von Jülich!"

Natürlich hätte ein „Eure Hoheit" ausgereicht, aber ich hoffte, dass Herzog Wilhelm mich selbst auch erkannte und ich so mehr von ihm erfahren könnte, als ich es wohl von den Rittern erfahren hätte.

Schon schaute er zu mir und rief: „Ehrwürdiger Gerardus Mercator. Was führt Sie hierhin?"

„Eure Hoheit, ich wurde von Wölfen getrieben, bis ich den Klang einer Glocke hörte, die mich hierher führte."

„Das waren wohl wir." Er zeigte auf eine Glocke. „Diese Wandlungsglocke muss verschwinden, sie ist aus Jülich. Mir erschien im Traum die Heilige Anna. Sie befahl mir, die Glocke bei den Schewr Höfen bei Gangelt zu verstecken. Gleichzeitig solle ich fünf Waisenkinder nach Schewrwalderadt bringen, da sie dort ein Heim finden würden. Nur so kann ich verhindern, dass unsere Kirchen vom Bildersturm, wie er in den niederen Landen tobt, ergriffen werden."

Nach einer kurzen Pause sprach er: „Ehrwürdiger Geradus Mercator, bitte nehmen Sie die Kinder und bringen sie in eine Familie. Wir verstecken die Glocke. Ich möchte nicht gegen die Heilige Anna mich versündigen."

Auch wenn ich die Bilderflut und die damit verbundene katholische Geldverschwendung ablehnte, so konnte ich natürlich nicht die Bitte des Herzogs ausschlagen. Außerdem ging es ja auch um die Kinder. Doch wohin mit den Kindern? In Schewrwalderadt und den Schewr Höfen waren schon so viele Pänz.

Da fiel mir das Haus ein, welches zum Tal herab in einer kleinen Waldlichtung lag. Ein einsames kinderloses Paar bearbeitete dort ein paar kleine Felder. Ihren Kinderwunsch hatte der Herr wohl nie erhört.

Als ich in der Nacht anklopfte, fanden die Kinder sofort ein Heim.

Nun war es Zeit für mich zurück nach Gangelt zu gehen.

Als ich ankam, wurde ich geschüttelt.

„Na, aufwachen! Wir sind in Berlin. Hast ja sofort gepennt und die ganze Fahrt geschlafen", meinte mein Schreiberling.

„Ich habe nicht geschlafen. Ich war in …" ich stockte.

Ich saß bei ihm im Auto, auf meinen Schoss ein Buch der Titel: Heimis Geistergeschichten.

„Was hast du für Schuhe an? Die sind ja ganz verschlammt! Dass ich das erst jetzt sehe! Wie konntest du so in mein Auto steigen? Es sieht ja so aus, als wärest du durch Wald und Sumpf gelaufen."

Februar 2015

Reise nach Birgden

Zu meiner Zeit mochte ich de Berde nicht. Op de Berde waren nur Bekloppte. Es gab vielleicht einen Gescheiten, wobei sich aber jeder aufspielte, genau der zu sein.

Weil ich ob de Berde aber bei meiner ersten Reise nun keinen total Reinfall erlebt hatte und ich auf meinem Drahtesel Rückenwind mag, kam ich durch Zufall ob de Berde.

Nun war ich bis vor kurzem noch schon über 500 Jahre tot und so viel Bewegung wie im letzten Monat nicht mehr gewohnt. So verwundert es vielleicht nicht, dass ich mitunter kurzatmig und bleich wirke. Diese Umstände machten nun ob de Berde einen Jungen auf mich aufmerksam.

Dieser fragte, als er mich sah: „Sind Sie Raucher? Sie atmen so schwer. Ich rauche ja schon Jahrzehnte nicht mehr, ansonsten wäre ich heute tot. Aber ich spende Blut. Spenden Sie auch Blut? Sie sind bleich. Haben Sie gerade Blut gespendet? Oder brauchen Sie vielmehr welches?"

Vampir! war mein erster Gedanke.

Aber davor hätte Schreiberling mich doch sicherlich gewarnt und für einen Vampirjungen wirkte er freundlich und überhaupt korrekt.

Ich wusste trotzdem nicht was ich sagen sollte und entschied mich einfach freundlich zu lächeln und zu nicken. Er würde schon das daraus verstehen, was richtig wäre.

„Sind Sie neu zugezogen? Hier nach Birgden ziehen immer wieder neue Menschen hin. Wir haben ja auch alles hier. Auch tolle Vereine haben wir. Zum Beispiel das Rote Kreuz. Im März ist auch wieder Blutspenden."

„Ja, ich war in meiner Kindheit hier in der Nähe und so vor einigen Jahren. Nun wollte ich mich mal wieder umschauen. Wollen Sie mir nicht alles erklären?"

Mein Vampirfan war sofort einverstanden und führte mich zur großen Kirche. Damals war das ja echt ein Streitapfel. Die Leute ob de Berde wollten eigenständig sein und wollten ihre eigene Kirche haben. Das kam bei den Gangelter Herren natürlich nicht gut an. Mir war das als Protestant natürlich egal, wobei es die Eigenart von de Berde wieder hervorhob.

Direkt in der Kirche entdeckte ich wieder einen Teil vom historischen Erbe von meinem ehemaligen Lehrjungen und Juden Mose von Hillensberg:

Mose aus Hillensberg (ich habe schon von ihm erzählt) bezog unter anderem über meinen Kollegen Christian Sgrothen Heiligenfiguren. Christian, damals nannte ich ihn Kresch, kam aus Kalkar und war ein echter Kollege von mir.

Mit echten Kollegen meine ich, dass es damals auch viele Hochstapler gab, die sich mit Kresch und mir vergleichen wollten. Diese Nichtsnutze ließen sich überall nieder, unter anderem damals auch ob de Berde. Ein Grund mehr, warum ich de Berde nicht mochte. Aber das ist ein anderes Thema, das erzähle ich vielleicht später Mal. Aber Kresch war ein echter und guter Kartograph. Nicht selten nutzte ich für meine Karten seine Zeichnungen als Grundlagen.

Kresch kam aus Kalkar. Kalkar war damals eine echte Künstlerstadt, aber auf dem absteigenden Ast. Dort war er befreundet mit Douvermann, einem hervorragenden Künstler.

Während des Bildersturms durchwanderte Kresch für Zeichenvorlagen, die er für mich machte, die ganzen niederen Landen. So kam er auch günstig an Kunstwerke, die er an Mose weiterverkaufte.

Ein ganz besonders Stück war die heilige Magdalena. Kresch hatte die wunderbare Dame mit dem lockigen Haar direkt als ein Werk von Douvermann erkannt, welches auf einem Markt in den niederen Landen verramscht wurde.

Die wunderschöne Magdalena stand damals bei Mose im Haus. Er hatte sich regelrecht in sie verliebt. Wie kam sie ob de Berde? Sicherlich nach Moses Tod. Er hätte die betende Schönheit nie abgegeben.

Auf einmal war es wie ein Besuch bei alten Freunden. Da war das Vesperbild von Jan van Oel, welches er in seiner Roermonder Werkstatt ausgestellt hatte. Die Farbe so frisch, als ob Jan gerade erst den Pinsel beiseitegelegt hätte. Ich geriet ins Träumen, alle alten Erinnerungen waren wieder da.

Es mag unfreundlich gewirkt haben, weil mein Begleiter mich auf die starken Blutungen aufmerksam machte, ich aber nicht auf ihn reagierte und an meine alten Bekannten und Freunde denken musste. Es war so schön und das tolle Gefühl von Erinnerung spürte ich ob de Berde.

Aber dann musste ich laut lachen.

Mein Vampirfan zeigte mir eine Heiligenfigur, die gleich drei gleichnamige Heilige darstellte:

Erstens Urbanus ein guter Gehilfe vom Paulus, dann Papst Urban I, der gegeißelt wurde (dies erwähnte ich aber gegenüber meinem Begleiter nicht. Was ein Vampirfan wohl darüber denkt?) und dann noch Urban von Langres. Aber das Lustige war:

Dieser Urbanus-Heiligen-Mix hielt Weintrauben in der Hand. Dabei steht die Weinrebe aufrecht nach oben. Das geht doch nicht!

Hatte der Künstler noch nie Trauben gesehen? Oder ist es ob de Berde vielleicht doch wie immer: Halb Berde is ganz jeck und janz Berde is halbjeck und et jibt nur einen Gescheiten und noch heute denkt jeder er sei et.

Draußen vor der Kirche regnete es leider. Aus diesem Grund beschloss ich, dass ich wohl besser zurück nach Gangelt reite. Ich bedankte mich bei meinem Begleiter und versprach zukünftig auch über Blutspenden nachzudenken und dass ich nochmal ob de Berde vorbei schauen würde.

Schon bevor wir in der Kirche waren, hatte ich gesehen, dass wohl Ururenkel von Marco Polo ob de Berde sesshaft geworden waren. Allein das ist schon Grund genug, nochmal ob de Berde vorbei zu schauen. Aber nun bei dem Regen ging es heimwärts.

Mit Gegenwind und Regen ritt ich auf meinem Drahtesel zurück nach Gangelt.

Karneval damals

Liebe Freunde, die Karnevalstage gefallen mir sehr gut, besonders das Süßigkeiten geworfen werden. Warum ihr aber immer „Kamele" ruft, ist mir nicht klar. Anfangs bin ich immer aufgeschreckt zur Seite gesprungen, aber bis jetzt habe ich kein Trampeltier gesehen. Karneval war zu meiner Zeit ganz anders.

Damals war der Höhepunkt die Nacht vor Aschermittwoch. Es gab riesige Festmahle. Eine wahre Prasserei mit richtigen Exzessen. So wurde gefeiert.

Das Leben war hart und da war das Karnevalsventil eine große Freude. Außerdem stand eine harte Fastenzeit bevor und niemand wollte Fasten und Buße tun, wenn er vorher nicht richtig die Sau raus gelassen hatte und genau wusste, warum er Buße tat.

Auf unseren Umzügen vermummten wir uns und verspotteten die Obrigkeit, ganz egal ob kirchlich oder staatlich. So waren wir Hexer oder riefen einen Narrenkönig aus, dem wir treu folgten oder ließen uns andere Streiche einfallen.

Einen wahren Exzess mit echter Völlerei erlebte ich als junger Mann drei Tage lang in Saiffelen. Wir hatten dort den Metzger als Narrenkönig ausgerufen und wild gefeiert. Dienstags kam dann zum Höhepunkt ein Wanderzirkus, der das Karnevalsspiel „Das Narrenschneiden" von Hans Sachs für UNS aufführte. Die Zirkustruppe kam aus Nürnberg, der damaligen Hochburg im Karneval, und war eigentlich auf dem Weg von Heinsberg nach Millen. Aber wir spielten denen einen Streich und erzählten den Fremden, dass sie bereits in Millen wären. Natürlich sah Saiffelen anders aus als Millen, aber woher sollten die Fremden das wissen. Außerdem war unser Narrenkönig mit seiner Verkleidung und uns im Gefolge so überzeugend, dass wir ein wirklich gutes Theaterspiel sahen, welches die Herren von Millen bezahlt hatten.

Ich weiß nicht, ob euch heute unser damaliger Humor noch zusagt. Mein Schreiberling meint, das sei mehr wie Kabarett:

Bei dem Stück wurde einem wahnsinnigen Patienten der Bauch aufgeschnitten und lasterhafte Steine wurden aus ihm heraus genommen, sodass er vom Wahnsinn geheilt war. Das war so komisch, weil wir Zuschauer selber ja auch, wie der arme Irre im Karnevalsspiel, gefeiert und uns wie Irre benommen hatten. Die Kirche wollte, dass wir diese Laster loswerden, gleichzeitig war aber das Öffnen von Körpern kirchlich verboten. Es war schließlich ein Eingriff in Gottes Werk. Somit waren die Gesetze der Kirche ad absurdum geführt und wir konnten uns weiter mit Wein, Met und Gesang an den jecken Tagen an der Liebe erfreuen.

Nach der Völlerei war die erste Fastenwoche ganz einfach. Das war vielleicht ein Kater! Ich weiß noch wie ich damals in Saiffelen schwor: Nie wieder Met auf Wein!

Wenn ich so daran denke, bekomme ich Lust darauf, bald nochmal Saiffelen zu besuchen.

Reise nach Saeffelen

Liebe Freunde,

nach einer nachkarnevalistischen Erkältung war es mir nun erst möglich, nach Saiffelen zu reisen.

Obwohl ich mittlerweile dank dem Herrn von der Weide aus Waldfeucht einen Drahtesel besitze, bestand mein Schreiberling darauf, dass ich den Multibus nehme.

„Du bist gerade erst gesund und musst jetzt nicht bei Wind und Wetter auch noch mit dem Rad raus!"

Ich wollte mir gerade diese Bevormundung verbieten, als er hinterher schob: „Du hast eine Verantwortung für deine Freunde. Die wollen doch lesen, wie deine Reisen verlaufen und du kannst nicht reisen, wenn du krank bist."

Da hatte er nun einmal recht und als er noch versprach, mich später abzuholen, war ich einverstanden.

„In Saeffelen gibt es eine Musikschule. Das findest du doch spannend."

„Eine Musikschule in Saiffelen? Da bin ich aber gespannt!"

Eine freie Musikschule, ohne universitäre und klösterliche Anbindung. Die wollte ich sehen!

„Ja, die ist direkt an der Kirche."

Der Multibus ist eine gute Möglichkeit zu reisen. Im Multibus lernt man schnell andere Menschen kennen.

Ich war gerade am alten Rathaus eingestiegen, schon winkte mir ein freundlicher Herr und bat, dass ich neben ihm Platz nehmen soll. Diese Herzlichkeit wünscht sich doch jeder Reisende und schon war ich auch im Gespräch.

Mein Sitznachbar fragte sofort, wohin ich denn wollte. Ich erklärte, dass ich nach Saiffelen, dem heutigen Saeffelen, reisen würde.

„Das trifft sich ja wunderbar! Ich möchte auch in den Selfkant. Ich bin Fischer, Hein Gottfried!"

Auch ich stellte mich vor: „Kartenzeichner, Gerd Mercator."

Natürlich weiß ich, das Saiffelen nach dem Saiffelbach benannt ist. Wobei ich nicht gedacht hätte, dass dieser kleine Bach in der heutigen Zeit auch Berufsfischer anlocken könnte.

Ich kombinierte: Entweder ist der Fischfang als solches lukrativer geworden oder durch die Trockenlegung der Sümpfe stieg der Wasserspiegel in den Bächen, sodass es sich mittlerweile um kleine Flüsse handeln muss.

Aber dann erfuhr ich, dass der Fischer bereits Rentner sei und nicht mehr zum Fischen in den Selfkant kam, sondern dass er nun Bürgermeister werden wollte.

„Warum soll ein Fischer im Rentenalter Bürgermeister werden?" fragte ich.

Ich habe mittlerweile verstanden, dass wichtige Personen heute in ihr Amt gewählt und nicht mehr hineingeboren werden. Trotzdem leuchtete es mir nicht ein, dass man einen ausgedienten Fischer nimmt. Ein Metzger oder ein Drahteselbauer wäre nachvollziehbar, aber warum einen Fischer, der zu seinen Berufszeiten nicht dem Selfkant dienen konnte?

„Ich habe Schirm, Charme und Melone. Ich mag die Menschen im Selfkant und den Gesang."

„Das ist gut. Meine Freundin Petra Beyers hat einen Gesangsverein im Selfkant gegründet und sucht noch Freunde zum gemeinsamen Singen. Ich würde ja selber mitmachen, als Instrumentenbauer war mir die Musik immer wichtig, nur ist meine Stimme ein wenig aus der Übung."

Leider war ich nun auch schon in Saiffelen und der Fischer musste noch weiterfahren. So stieg ich alleine aus.

Saiffelen ist heute ein modernes Dorf.

Nun verrate ich ein Geheimnis: Ich hatte zuvor Sorge, dass ich mich in Saiffelen verlaufe und hatte vorsichtshalber meinen Freund Herbert Corsten kontaktiert, der mir verriet, dass inzwischen die Kirche St. Luzia an einem neuen Platz aufgebaut wurde. So konnte mir die Kirche alleine nicht als Orientierungspunkt dienen.

Eure Kirche ist ein prachtvoller Bau. Ich liebe die Deckenmalerei.

Die alte Kirche in Saiffelen war da viel kleiner und sie war mit den Jahren angewachsen, was den ein oder anderen starken Stilbruch verursacht hatte. Die alte Kirche stand westlich von eurer Kirche. Ihr habt ja auch Grabsteine aufbewahrt, die früher an der Kirche waren.

Sehr schön finde ich auch, dass die Kirche der „Leuchtenden" geehrt ist. In Saiffelen gab es zu meiner Zeit einige reformatorische Bestrebungen. Auch wenn die Kirche katholisch blieb, sehe ich das Beibehalten von Lucia sehr positiv, da sie in unserer lutherischen Kirche eine besondere Verehrung findet.

Obwohl mein Fixpunkt verschoben war, konnte ich mich entgegen meiner Befürchtungen gut orientieren, weil der Dorfangerhügel erhalten war. Obwohl es schon dunkel wurde, gab es im Dorf keine Bestrebungen, das Vieh auf den Anger zu treiben.

Scheinbar hat der moderne Saiffelner keine Angst vor Plünderung und Viehdiebstahl. Auch Hungersnöte scheinen zum Glück ein Teil der Vergangenheit zu sein, denn auch die Teiche waren verschwunden.

Zu meiner Zeit waren mehrere kleine Teiche am Fuße des Dorfangers. Dort war Federvieh und die Teiche waren gefüllt mit Fischen (Plünderer hatten nicht die Zeit aufwendig Fische zu fangen oder Enten und Gänse zu jagen), sodass nach vielen kriegerischen Plünderungen die Saiffelner dank ihrer Teiche eine goldene Reserve hatten, welche die Hungersnot oft aus dem Dorf hielt. Wie gesagt, das war eine goldene Reserve und kein Broterwerb für Berufsfischer.

Nun suchte ich die mir versprochene Musikschule. Aber die war einfach nirgends zu finden!

Nach einigem langen Umherirren setzte ich mich an einem Brunnen und genoss die Ruhe.

Plötzlich standen zwei Herren vor mir und fragten, wer ich denn sei. Ich erklärte, dass ich Gerd Mercator sei und hier in Saiffelen eine Musikschule suche.

„Ach, die gibt es nicht mehr. Aber das trifft sich ja gut, dass wir hier vorbeikommen. Sind Sie Musiker?" fragte ein Herr namens Mobers.

„Wir sind Chor- und Orchesterleiter!" ergänzte der Zweite, der sich als Peters vorstellte.

„Nein, ich habe früher Instrumente gebaut, aber ich habe nicht selber im Orchester gespielt. Aber das ist ja spannend, dass ich hier in Saiffelen Chor- und Orchesterleiter kennenlerne. Das scheint ja ein echtes Kulturdorf zu sein."

Nachdem wir einiges am Brunnen über Musik philosophiert hatten und uns schöne Melodien vorsummten, klatschten, kleine Liedchen sangen und zauberhafte Melodie pfiffen, waren wir beste Freunde.

Bald meinten die beiden Musiker, dass wir doch gemeinsam noch eine Kleinigkeit essen und trinken könnten, um uns dabei besser kennenzulernen.

„Nicht weit von hier ist ein renovierter alter Bauernhof mit einem Café. Die haben einige Delikatessen und eine angenehme Atmosphäre, um den Tag ausklingen zu lassen", schlug Mobers vor und „Ich übernehme die Getränke!" versprach Peters.

Wir liefen, oder es war schon mehr ein Tanzen, in Richtung Bredberen und nach einigen hundert Metern kehrten wir in einem tollen Gutshof ein und aßen herrliche Delikatessen. Die haben sogar Oliven in Saiffelen!

Als ich die erste Olive im Mund hatte, fiel mir wieder ein, wie mir damals in Griechenland meine große Welterkenntnis kam. Meine Musikerfreunde hörten gespannt die Geschichte wie ich bei meinem alten Freund Costa den entscheidenden Geistesblitz bekam.

Aber euch erzähle ich das ein anderes Mal.

März 2015

Schlacht bei Wehr

Liebe Freunde,

Ich war am Dienstag auf den Feldern zwischen Wehr und Hillensberg. Ich habe mich erinnert. Ich habe geweint und der Toten gedacht. Erst heute bin ich in der Lage Bericht abzugeben.

Als ich morgens ankam schien die Sonne. Es war warm, aber bis zum Mittag zogen dunkle Wolken auf und das Wetter war so, wie es sich für diesen Tag gehört.

Wisst ihr, was ein Schlachtfeld ist?
Es war Ostersonntag, der 24. März 1543. Schon seit Wochen war der Kampf vorbereitet und verabredet. Der Krieg würde nach altritterlicher Ehre geführt, da der Herzog überzeugend darstellen konnte, dass es sich um einen gerechten Krieg handelte.

Es ging um die rechtmäßige Erbfolge. Nachdem schon im Juli 1542 Herzog Wilhelm V., Maarten van Rossum, in die kaiserlichen Niederlande als Verbündeter des Königs von Frankreich eindrang, unternahm Maria von Ungarn, Generalstatthalterin der Niederlande, am 1. Oktober 1542 eine Gegenoffensive. Diese musste gestoppt werden, sodass es am Ostersonntag des Jahres 1543 zum Kampf gegen die habsburgerischen Truppen der spanischen Niederlande ging.

Somit hatten sich nun kleine Gruppen aus dem gesamten Herzogtum getroffen und bildeten ein großes Heer aus drei Kampfhaufen. Diesen Kämpfern waren noch Helfer angeschlossen, die Wagen und Packpferde mit Proviant, Zelten, Zusatzwaffen und lebendem Schlachtvieh mitbrachten, denn die Kämpfer trugen nur ihr Schwert. Zusätzlich folgten dem Heer noch Kaufleute und Prostituierte, die bei solchen Gelegenheiten natürlich auch ihr Geld verdienen wollten. Als Kartenzeichner war ich Teil dieser Einheit und bot dem Herzog meine Dienste an.

Am 23. März 1543, dem Tag vor der Auferstehung des Herrn, setzte der Herzog einen Tag des gottesfürchtigen Fastens und frommen Gebetes fest. Die Männer verziehen sich gegenseitig ihre Reibereien und Unfreundlichkeiten und gelobten einander, wie auch ihren Führern, alle Hilfeleistung im Kampf.

Am Ostersonntag wurde morgens, wie es üblich bei Kriegen war, die Messe gelesen. Dies geschah in Wehr. Als wir aus dem Gottesdienst kamen, wünschten wir uns frohe Ostern und riefen:

„Der Herr ist auferstanden!" und unser Gegenüber antwortete: „Ja, er ist wahrhaftig auferstanden!"

Dann zogen die Kämpfer mit Schlachtgesang und Kriegsgeschrei, begleitet von Pauken, Trommeln, Hörnern und Posaunen, in den Kampf. Ich bezog meinen Platz auf dem Schlouner Berg in der dritten Reihe hinter den Herolden.

Die Landschaft war in einem jungen hellen Grün. Das Gras noch weich und sanft. Erste Frühblüher streckten ihre Köpfe Richtung Himmel.
Es schien die Sonne, es war warm, der Frühling zog ein.
Es hatte die Tage zuvor geregnet, aber davon war nun nichts mehr zu spüren, außer dass der Boden noch weich war.

Das Fußvolk rannte los. Es war die Vorhut und schon bald krachten sie mit dem Gegner zusammen. Es war ein lautes Dröhnen, ein Geschrei, ein Klingen Aufeinanderhauen, dazwischen Pauken und Trompeten, die neue Formationen schufen. Es sah gut aus. Wir hatten den Kampf im Griff.

Die Prinzessin reagierte und schob einen Haufen nach vorne, der unsere Truppe von der Sittarder Seite angriff. Sie trafen in die Flanke und schnitten uns mit diesem feigen Hinterhalt den Rückzug und die Möglichkeit zur Neuformierung ab. Es waren berüchtigte Söldnergruppen aus den Schweizerlanden, die ihr zur Unterstützung kamen.
Doch es sollte nicht bei diesem feigen Akt bleiben.

Das Grün der Wiesen war verschwunden, der Boden wie umgepflügt, die Blumen, die die Köpfe zuvor noch zum Himmel streckten, geköpft. Alles abgemäht.

Als der Herzog daraufhin zur Unterstützung seine Reiter schickte, kämpften die feindlichen Truppen mit Feuer. Ein flüssiges Gemisch aus Salpeter, pulverisiertem Schwefel, ungereinigtem Ammoniaksalz, Harz und Terpentin schoss aus dünnen Rohren und verbrannte alles, was in ihre Nähe kam. Die Pferde schreckten auf und schmissen Reiter zu Boden, die in ihrer schweren Rüstung dem österlichen Höllenfeuer nicht entgehen konnten.

Schreie durchzogen das Feld, sowas hatte ich noch nie gehört. Die, die ohne schwere Rüstung waren, flüchteten sich zurück Richtung Kirche. Sie übersprangen die umzogene Mauer und suchten den Schutz ihres Heilands hinter der Deckung der Friedhofsmauer.

Zum Mittag hin war das Feld braun und schwarz und es leuchteten vereinzelt die Flammen aus den dünnen Kupferrohren.

Nun gab der Herzog den Befehl zum Rückzug. Alle Kämpfer zogen zurück Richtung Hillensberg und es wurde eine Flucht vorbereitet.

Nachdem die feindlichen Truppen sich neu formiert hatten, folgten sie uns. Als unsere Kräfte in Hillensberg waren, folgten die Feinde. Wie durch ein Wunder befahl der Herzog einen mir vorher unbekannten Haufen aus Süsterseel. Sie kamen mit Langbögen, Armbrusten und kleinen Kanonen und unsere Nachhut, die bisher nicht ins Kampfgeschehen eingegriffen hatte, bezog Position von Westen. Nun hatten wir die Feinde im Kessel und wir gewannen die Schlacht.

Am späten Nachmittag war die Welt dunkelrot.
Der Matsch des Bodens war getränkt in Blut und ein unangenehm süßlicher Geruch lag über dem Schlachtfeld.

Nachdem nun die unverletzten Sieger sich vorbereiteten, mit dem Herzog ein feierliches Bankett einzunehmen, kümmerten sich die Verwundeten um sich selbst. Die toten Kämpfer aus unseren Reihen wurden bestattet und nachdem sich die Fledderer von den toten Feinden Rüstung, Ringe, Schwerter und vieles mehr genommen hatten, wurden sie mit ihren eigenen Waffen verbrannt.

Auf einmal stand Mose vor mir. Obwohl ich zuvor gehofft hatte, ihn zu sehen, war es mir bislang nicht geglückt.

Ich rief ihm zu: „Der Herr ist auferstanden!"

Er schaute mich an und antwortete bleich: „Mein Sohn ist tot! Er ist verbrannt!"

Moses Sohn wurde vier Jahre alt. Er starb am Tag der Auferstehung des Herrn und wir Menschen haben ihn getötet. War es wirklich ein gerechter Krieg?

Ein Schlachtfeld ist ein Feld, auf dem nicht gekämpft wird! Es werden dort Menschen geschlachtet! Vergesst das nie!

Als ich nach Hause kam und Schreiberling sah, erzählte er mir vom Grauen eines Schlachtfeldes vom 24. März 2015.

Es wird Zeit, dass Ostern kommt!

April 2015

Reise nach Übach Palenberg

Liebe Freunde,

am Wochenende war ich in Palenberg. Da ich mich in meinen früheren Leben als Kartograph an Trennlinien erfreute, besuchte ich das wunderschöne und einzigartige Grenzschloss Rymburg.

Ich muss sagen, ich war erstaunt, wie verschlafen dieser sagenumwobene Ort heute ist. Zu meiner Zeit war es so lebendig dank der Grimmelsbrücke, die durch die Burg gesichert war und den Übergang zur alten Römerstraße bildete.

So konnte ich mich nun in diesem Idyll in aller Ruhe umsehen. Nur das Plätschern des Wormbaches und das Vogelzwitschern unterbrach die absolute Ruhe. Hier war es nicht immer so still: Allein 1543 führte der Krieg und die Belagerung durch Kaiser Karl V zu sehr viel Mord, Totschlag und Leid. Aber ich möchte nicht wieder über den Krieg reden, er war zu abartig.

Vieles war mir sofort bekannt, obwohl der Wormbach damals nicht so gebändigt war.

Und dann stehe ich vor dem prächtigen Schloss mit dem großen Pachterhof. Es lag verschlafen da im anmutigen und fruchtbaren Wormthale.

Als ich näher herangehe lese ich ein Schild: Privatgrundstück.

Ich denke kurz nach, was das heißen mag und bin froh, dass ich privat und nicht mehr beruflich unterwegs bin.

Also gehe ich durch das Tor über den breiten Wassergraben, der die Pachterwohnung vom Oekonomiebereich trennt. Anschließend überquere ich den zweiten Wassergraben und gelange zum Schlossplatz.

Obwohl einiges erneuert ist, erkenne ich die alte längliche, viereckige Struktur, die aus vier Flügeln besteht, die einen ebenfalls länglichen Raum erschließen. Der Schlossplatz war wie früher vor großen Festen. Alles lag ruhig da, wie vor einer großen Feier, bei der alles rausgeputzt und gespannt auf die Ehrengäste wartet.

Nur war ich der einzige Gast. Was für eine Ehre, sowas erleben zu dürfen. Ob die mit mir gerechnet haben? Ich hatte ja angekündigt, nach Palenberg zu gehen.

Direkt am Teich erkenne ich die alten Befestigungen und ein alter Turm streckt sich mit seinen Schießscharten zu meiner Begrüßung in den Himmel. Habt ihr den Turm noch höher gebaut? Wofür habt ihr denn ein Dach darauf gesetzt? Das ist sicher nicht sinnvoll, wenn man sich verteidigen möchte! Und wo sind die anderen Wehrtürme?

Auf einem kleinen Weg gelange ich direkt zum eigentlichen Schloss. Ich muss sagen, die neue Fassade gefällt mir gut. Die ist wirklich kunstvoll gestaltet. Vor dem Schloss kam mir dann ein Herr Brauchitsch entgegen und fragte, ob ich das „Privat" auf dem Schild nicht lesen könne. Der Herr dachte sicher, ich wäre irgendein Hausierer oder sonstiger Tagelöhner. Seine Stimme war streng und wirkte zunächst ein wenig gereizt.

Ich erklärte: „Keine Sorge, ich bin zwar Gerhard Mercator, aber ich bin heute privat hier. Ich möchte keine Karten verkaufen oder zeichnen. Ich wollte ganz privat nur eine alte Wirkungsstätte besuchen."

„Sie sind Mercator? Entschuldigung, dass ich Sie nicht erkannte. Hatte gehört, dass Sie nach Palenberg kommen, aber ich wusste nicht, dass Sie uns beehren. Sie sind natürlich willkommen!"

Ja, ein guter Name ist viel wert!

Im Schlossgarten erzählte ich ihm, dass ich zu einem Blitzsammler möchte, aber dass ich vorher noch mal das gute Wetter ausnutzen und die Rymburg besuchen wollte.

Das fand Herr Brauchitsch spannend, so dass ich ihm alles erzählen musste, woran ich mich erinnere.

„Sie sind der Schlossgeist, den ich mir hier immer gewünscht habe."

Naja, Schlossgeist ist jetzt nicht unbedingt das, wofür ich gerne als Ersatz stehe, aber ich war schon froh, so willkommen zu sein.

Also erzählte ich wieder vom Krieg. Warum interessiert euch der Krieg? Natürlich erzählte ich auch von Hochzeiten und Ritterfesten und er merkte, dass ich die glücklichen und ruhigen Friedenszeiten mehr schätze, als die nur für die Nachwelt spannende, traurige und schwere Zeit.

„Kommen Sie mal mit, Herr Mercator, oder darf ich Gerd sagen? Ich möchte dir was zeigen"

Wir verließen die Schlossanlage und gingen zum Bett des Wormbaches und überquerten eine Brücke.

„Hier waren bis vor wenigen Jahren zwei Metallschildkröten, sie gingen symbolisch aufeinander zu. Das war ein sehr schönes Friedenssymbol ermöglicht durch deutsche und niederländische Gemeinschaftsfinanzierung."

„Wo sind die Schildkröten?"

„Sie wurden von Metalldieben geklaut!"

„Dann macht sie aus Stein! Ihr dürft euch doch nicht den Frieden stehlen lassen!"

Wir standen noch lange auf der Brücke und langsam wurde es dunkel. Herr Brauchitsch meinte: „Gerd, bleib doch bitte hier. Ich möchte dich meiner Familie vorstellen und im Schloss gibt es natürlich noch einen Platz für dich."

„Gerne, die Blitze laufen mir ja nicht weg, dann gehe ich die halt morgen anschauen."

Wie es am nächsten Tag weitergeht, erzähle ich bald. Schreiberling hat für heute keine Lust mehr zu schreiben.

Bis bald
Euer Gerd

Mai 2015

Reise nach Übach Palenberg zweiter Teil

Leider kann ich euch jetzt erst schreiben, weil mein Schreiberling behauptete, keine Zeit zum Schreiben zu haben. Ich wollte euch erzählen, wie es in Übach-Palenberg weiterging.

Als ich morgens Schloss Rymburg verließ, lief ich den Schienen entlang, um zum Bahnhof zu kommen. Die gute Wegbeschreibung hatte ich von Herrn Brauchitsch bekommen. Den Schienen zu folgen ist leicht. Das kenne ich ja schon von den Schienen in Schierwaldenrath. Wirklich eine tolle Art zu reisen.

Ich folgte einem Weg unterhalb der Gleise. Links von mir waren weite Felder und man konnte immer wieder aus der Ferne einen Blick auf den Wormbache werfen. Der Anblick des anmutigen und fruchtbaren Wormthales lässt meine Gedanken schweifen. Bis plötzlich der Boden zu beben begann. Zeitgleich drang ein immer lauter werdendes Dröhnen an mein Ohr.

Ich glaubte mir stünde größte Gefahr bevor. Ich dachte an Albertus Magnus, der von einem Phänomen von 1409 in Wittstock a. d. Dosse berichtete. Albertus Magnus schrieb, dass zu gottgegebener Zeit faulige Dünste, die sich in unterirdischen Hohlräumen angesammelt hatten, mit erschütternder Wucht Bahn durch die Erde machten, dabei die Sonne verfinsterten und die Menschen vergifteten. Ihr wisst schon: Terrae Motus.

Ich lief zum nächstgelegenen Baum. Dort war ein Junge, vielmehr ein Kind, und er trug einen schwarzen Mann auf dem Rücken. Ich dachte, es sei der Platschhonk, der die Gunst der Stunde nutzte, um uns in Geisel zu nehmen.

Doch dann war das Ereignis auch schon wieder vorbei, und während ich versuchte, mich vom Schock zu erholen, sagte der Junge, dass ich keine Angst haben solle, es sei doch nur ein Zug.

Wahnsinn! Viel schneller als der Zug von Schierwaldenrath.

Da standen wir im Wormthale von Übach-Palenberg zwischen den Gräsern.
Der Platschhonk hielt sich aber immer noch fest. Oder war er kein
Platschhonk?
Der Junge lächelte. Ich kannte sein Gesicht. Aber, wer war er?

Ich stellte mich vor: „Ich bin Gerhard Mercator, entschuldige bitte, wie ich
mich aufgeführt habe. Ich bin neu hier oder besser gesagt wieder neu hier,
diesen Zug kannte ich nicht. Das hat mir Angst gemacht. Fremdes macht ja
manchmal Angst. Aber ich muss alles kennenlernen."

Der Junge antwortete traurig: „Ich bin auch nochmal hier. Ich bin Charall."

Der schwarze Mann auf seinem Rücken lächelte und gab mir seine Hand.

„Er kann nicht sprechen. Er hat Dinge erlebt, die ihm die Sprache verschlagen
haben. Er kommt von weit her und nun kann er nicht mehr laufen. Ich muss ihn
tragen!"

„Aber ist er nicht zu schwer? Komm, ich helfe dir." Als ich ihn auf den Rücken
nahm, war ich froh, Charall helfen zu können.

„Wo kommst du denn eigentlich her? Du kommst mir bekannt vor. Kenne ich
vielleicht deine Eltern?"

„Ich lebte früher in Aachen und wollte noch einmal zurück. Ich war der
Meinung, dass wir alle Menschen brauchen, die bei uns friedlich leben wollen.
Wir können doch alle Talente nutzen, aber heute scheint es anders zu sein.
Fremde Menschen mit Talenten, die friedlich kommen, werden scheinbar nicht
gebraucht. Sie erhalten keinen Burgfrieden. Ich verstehe das nicht!"

Und über Charalls Kinderwange lief eine Träne.

„Aber du kannst doch nicht nach so langer Zeit zurückkommen und traurig
sein."
„Das wollte ich auch nicht. Hier in der Stadt stehen so viele Häuser leer, das
Volk schrumpft, jeder wird gebraucht und was machen die mit
Neuankömmlingen?
Hinter den Hecken und Bäumen lebst du in einer Massenunterkunft. Und wenn
du als Bewohner rausgehst, siehst du: Sie verstecken dich. Und wenn du in die

Stadt willst, ist dort zwar kein Stadttor, aber ein Ortschild, was dir sagen soll: Erst jetzt bist du in der Stadt. Du wohnst nicht hier! Und dann haben die Straßen und Plätze nach mir benannt. Ist das noch meine Stadt?"

Er weinte und ich konnte Charall verstehen: Charall kommt nur noch zum Weinen zurück!

Charall blieb sitzen und ich trug den schwarzen Mann weiter mit auf meinem Weg. Ich wollte ja zum Blitzsammler und dachte mir, dass es den Fremden vielleicht auch interessiert.

Beim Blitzsammler angekommen wurden wir herzlich aufgenommen. Uns wurde alles gezeigt. Der hat tatsächlich Blitze ausgegraben und er konnte das alles erklären. Ich wusste natürlich, dass ein Blitz nicht Gottes Zorn darstellt, aber wie Luther hatte ich natürlich auch Angst vor Blitzen, weil wir sie noch nicht erklären konnten.

Leute wie Herr Riediger machen den wissenschaftlichen Fortschritt aus. Denn echte Wissenschaft geht nur mit Leidenschaft.

Und was der mir alles erklären konnte: Die Entstehung der Erde, Vulkane, Erdbeben. Mein Wissenschaftlerherz war geweckt. Plötzlich lachte mein schwarzer Freund und stieg von meinem Rücken.

Herr Riediger und ich schauten uns verwundert an. Mein Freund ging in die Küche und fand dort ein Küchengerät, welches mir als Mikrowelle vorgestellt wurde. Er nahm einen Ring ab, legte ihn in die Mikrowelle und schaltete sie ein. Blitze schossen in den Goldring.
Wie konnte das sein?

Der schwarze Mann sprach nach langer Zeit sein erstes Wort: „Blitzmaschine!"

Als ich nach Hause ging, verabschiedete ich mich von meinem schwarzen Freund und Herrn Riediger, wobei die wahrscheinlich gar nicht mitbekommen haben, dass ich ging. Die beiden waren so vertieft in ihr Blitzerzeugungsspiel. Ich hoffe, dass Charall das mitbekommen hat und er nun nicht mehr nur zum Weinen nach Übach-Palenberg kommt.

Juni 2015

Reise nach Hückelhoven

Liebe Freunde,

extrem lange habt ihr nichts von mir gehört.

Ja, in den letzten Wochen überschlugen sich die Ereignisse. Zuerst war ich selber einmal wieder außer Gefecht gesetzt. In meinem Alter bin ich doch tatsächlich ein wenig anfälliger, als ich das früher war. Danach streikte Schreiberling, sodass ich Reisen machte, die er nicht tippen wollte.

Er redete irgendetwas von einen Ferdi, welcher behauptet, dass Schreiberling als mein Dienstleister mehr Geld verdienen solle.

Diesen Ferdi möchte ich einmal kennenlernen. Solche, die Knechte gegen die Herren aufdrehende Personen, hat es zu meiner Zeit zum Glück nicht gegeben. Das hätte die Kirche schon verboten.

Anschließend war ich ein wenig in Aufregung, weil ich hörte, dass man meinen Schlafplatz in der Schulbibliothek räumen wollte. Es gibt scheinbar Leute, die die Schule schließen wollen. Wisst ihr, die Mercatorschule ist eine gute Schule. Sie ist nicht nur mein Wohnraum, sie ist auch gut für die Schüler!

Ihr seht, viel ist geschehen. Auch machte ich Reisen nach Hückelhoven und nach Wegberg.

Heute möchte ich von meiner Reise nach Hückelhoven berichten.

Zu meiner Zeit gab es die Stadt Hückelhoven noch nicht. Hückelhoven war noch ein Dorf, welches zu Wassenberg gehörte und das Gericht war in Doveren. Hückelhoven war zwar nicht ganz unbedeutend, denn durch die Wasserburg, die zu meiner Zeit von Mulstroe belehnt war, war es schon ein wehrhafter und geschützter Ort.

Das erste Mal war ich 1530 in Hückelhoven. Damals, noch jung und recht unbekannt, war ich als Festgehilfe von Mulstroe eingeladen, als dieser zum

Protestantismus übertrat. Ich war zuständig für das Schreiben und Lesen der Festbriefe und anderer Schreibtätigkeiten.

Als ich nun nach Hückelhoven kam, war ich überwältigt. Es war Christi Himmelfahrt und weil Schreiberling Zeit hatte, war er bereit, mit mir zu reisen. „Reisen ja, Schreiben nein!" Das ist eine Arbeitseinstellung, dachte ich mir.

Wir ritten auf unseren Drahteseln zunächst den Rodebeek entlang. In Geilenkirchen folgten wir der Wurm bis Randerath (das ist auch nochmal eine Reise wert) und folgten dort der Straße nach Hückelhoven. Ich muss sagen Schreiberling ist fit, er legte ein gutes Tempo vor. Er besitzt eine andere Fahrtechnik: Während ich mich abdrücke und rolle (ihr erinnert euch an den Drahteselbauer aus Waldfeucht, er hatte die Steigbügel für mich abgeschraubt), kurbelte Schreiberling die Steigbügel mit den Füßen. Erstaunliche Technik!

Vor den Toren der Stadt war ich beeindruckt. Ein riesiges Häusermeer, das ist eine schöne, moderne Stadt. Diese Stadt muss ja wirklich reich sein!

Schreiberling meinte: „Ja mittlerweile erholt Hückelhoven sich, nachdem ‚der Deckel auf dem Pütt war' war es für die Stadt schwer. Aber heute hat sie eine gute Infrastruktur, Kultur und einen guten Dienstleistungssektor."

Dienstleistung? Liebe Hückelhovener, passt auf diesen Ferdi auf. Der macht die Leute wild.

„Aber was heißt Deckel auf dem Pütt?"

„Früher wurde hier Kohle abgebaut." „Was, Kohle? Die wurde zu meiner Zeit in Brühl bei Köln abgebaut. Hier gibt es Kohle? Das ist Reichtum pur!"

„Nein, Kohle gab es hier! Oder besser gesagt, gibt es immer noch Kohle hier. Aber heute ist es zu teuer, sie rauszuholen!"
„Wie, zu teuer, sie rauszuholen?"

„Ja die Maschinen und die Arbeiter müssen bezahlt werden! Aber du als Geizhals hälst ja nicht viel von fairen Löhnen!"

„Fairer Lohn? Die Kohle ist unten und ihr holt sie nicht raus, weil ein Ferdi euch aufwiegelt. Dabei ist der sicher nur zu faul, selbst eine Schaufel und Spitzhacke in die Hand zu nehmen!"

Schreiberling schaute mich verwirrt an. Soviel Weisheit kann er wohl nicht verkraften.

„Auf jeden Fall gibt es heute hier vieles zu besichtigen und viele Geschäfte siedeln sich hier an! Und bevor wir Streit kriegen, zeige ich dir mal alles."

Wir besichtigten eine Kohlewäsche, kletterten einen Berg hoch und genossen die Aussicht. Von dort oben sah ich die große Hückelhovener Kirche. Diese wollte ich nun besuchen.

„Das ist St. Lambertus, gab es die zu deiner Zeit nicht?"

„Doch, natürlich gab es eine Kirche, die war aber kleiner. Sie war, wie nennt ihr es heute? Romanisch! Und es war eine Außenstelle von Doveren."

Die heutige Kirche St. Lambertus ist ein Prachtbau. Aber sie hat auch Dinge, die es damals schon gab: Der blaue Taufstein stand schon in der alten Kirche, aber er war nicht abgedeckt und ich meine, er war irgendwie niedriger. Wir waren ja kleiner, da wäre ja niemand bequem dran gekommen.

Die Pieta war auch schon zu meiner Zeit da. Ich will mich nicht festlegen, aber wenn ich es nicht besser wüsste, würde ich sagen, das ist die Handschrift von meinem alten Freund Kresch. Ihr nennt ihn Christian Sgrothen.

Während ich noch die Pieta beschaute, rief auf einmal Schreiberling.
„Du bist auf einer Medaille der Monstranz abgebildet, komm mal schauen."
Die Monstranz stand in der Sakristei. Was sollte ich auf dieser abgebildet sein?
„Du bist vielleicht ein Depp! Für dich sehen wohl alle mittelalterlichen Menschen gleich aus! Das ist Mulstroe! Ohne den wäre Hückelhoven heute sicher nicht bekannt!"

„Ja, ihr wart modisch echt auf der Höhe. Da muss man sich doch nicht wundern, dass ihr alle gleich ausgesehen habt."

Auf so etwas reagiere ich natürlich nicht. In einer Zeit, in der Frauen und Männer Hosen tragen, sollte man sich nicht so weit aus dem Fenster lehnen.

„Aber nun muss ich dir noch ein Highlight zeigen! Das Korbhaus!"

„Korbmacher? Kenne ich. Die gab es damals überall als Heimarbeit. Deshalb muss ich irgendwann nochmal nach Laffeld, da waren mir die liebsten Korbflechter."

„Nein, lass dich mal überraschen!"

Das war eine echte Überraschung! Eine Bierbrauerei!

„Um Vatertag, das feiern wir heute auch neben Christi Himmelfahrt, ist das hier ein Muss!"

Ja und das Bier war so lecker, dass ich mich direkt für den Brauprozess interessierte. Der Herr Fell hatte zum Glück Zeit, mir einiges zu erklären, und ich verriet ihm als Dankeschön mein altes Hausrezept für ein gutes Met.

Und dieses werde ich euch auch verraten, weil ich mit Schreiberling ausgemacht habe, dass er als Lohnerhöhung nun regelmäßig ein selbstgemachtes Met von mir bekommt.

Tja, Ferdi, da kannst du so viel aufwiegeln wie du willst! Schreiberling und ich bleiben ein Team, das sich noch immer selber auf einen Lohn einigen kann!

Hier mein Rezept:

Kocht Honig mit Wasser und rührt es gut um, sodass sich beides gut vermischt. Anschließend müsst ihr es leicht würzen. Ich nutzte früher Nelken. Schreiberling meinte Ingwerpulver und Anis passen gut hinein und er hat recht: Es schmeckt! Aber ihr dürft es nicht überwürzen.

Anschließend nehmt ihr eine Tasse von dem Gemisch und lasst es ein wenig abkühlen. Nun verrührt ihr es mit Bierhefe und lasst es einen halben Tag abgedeckt stehen. Nicht in die Sonne stellen.

Danach kommt die angesetzte Bierhefe in den Wasser-Honig Sud. Dieser ist natürlich abgekühlt. Verschließt es mit einem Gärrohr. Schon nach wenigen

Tagen bilden sich Blasen im Gärrohr. Der Gärprozess hat begonnen. Dieser dauert je nach Menge ca. 10 Tage. Er ist vorüber, wenn sich keine Blasen mehr im Gärrohr bilden. Jetzt ist der Super-Mercatormet fertig.

Viel Freude beim Ausprobieren.

Euer Gerd

Reise nach Wegberg

Liebe Freunde,

heute möchte ich euch von meiner Reise nach Wegberg berichten. Die Reise machte ich schon Ende Mai und blieb bis Anfang Juni. Da Schreiberling eine Weile streikte, reiche ich diesen Bericht nun nach.

Das letzte Mal als ich in Wegberg war, war von Oktober 1587 bis Februar 1588.
Mitten durch den Ort, den ihr heute Wegberg nennt, verlief, entlang der Schwalm zwischen Mühlenbach und Beeckbach, die Grenze zwischen den Herzogtümern Geldern und Jülich.

Nun war es so, dass auf beiden Seiten der Grenze die Besitztümer durch Erbe, Heirat und Krieg regelmäßig wechselten: Eben ein echtes Grenzland mit seinen Reibungsflächen durch verschiedene, schnell emporstrebende Territorialherren, ewig beunruhigt durch Kämpfe, verwirrt durch wechselnde Belehnungen, Verkäufe, Verpfändungen.

In solchen Gebieten war der Brotverdienst als Kartenzeichner sicher. Aber es war eigentlich eine dumme Sisyphusarbeit.

Ich war damals im Auftrag des Burgherren Graf von Nesselrode-Ehreshoven unterwegs. Geplant war, dass ich in den Wintermonaten das gesamte Hoheitsgebiet vermesse und in Karten verzeichne. Da das Gebiet sehr feucht und zum Teil sumpfig war, boten sich die Wintermonate mit zum Teil gefrorenen Boden an.

Wie gesagt, es war eine raue und wilde Zeit. Im Grenzgebiet war es den Herren kaum möglich, den Frieden zu sichern. Sie erhoben zwar Steuern, aber eine wahre Gegenleistung bekamen die Menschen nicht. Einzig wurde ihnen erlaubt, dass sie sich selber zur Wehr organisieren durften.

Diese Bürgerwehr mit jungen, starken und gesunden Männern gab es zum Glück auch in Arsbeck. Sie bildete einen Selbstschutz um Familie und Hab und Gut vor Raub, Plünderung und Schlimmerem zu behüten.

Ich war Mitte Oktober in den Wäldern unterwegs und zog Trennlinien, als ich von einer Bande herumstreunender Soldaten fast umzingelt war. Im letzten Augenblick konnte ich meine Haut retten indem ich rannte, rannte und rannte, bis sich die Möglichkeit bot, dass ich mich auf einem Baum verstecken konnte.

Die Soldaten suchten zum Glück nur am Boden nach mir. Das rettete mich, aber meine Ausrüstung hatten sie bald in den Händen. Alles, was sie als wertvoll erachteten, verschwand in ihren Taschen und unter ihren Mänteln und was ihnen nichts wert war, zertraten sie.

Irgendwann war der Spuk vorbei und sie zogen weiter nach Arsbeck.

Als sie auch in Arsbeck geplündert hatten, versuchten sie noch beim Bauern Dederich das Pferd zu stehlen. Aber mittlerweile hatte dieser sich mit den Nachbarn organisiert und stellte die Soldatenräuberbande. Obwohl sie zunächst fliehen konnten, schnappte die Arsbecker Bruderschaft St. Adelgundis, einen der Täter.

Schon bald verriet er das Beutelager, sodass viele Wertgegenstände wieder zum Besitzer fanden. Der Täter wurde nach Wassenberg gebracht. Es gab einen kurzen Prozess und man führte ihn bald zum Galgenberg, wo er am Strang endete.

Da ich gehört hatte, dass es die Schützenbruderschaft noch gibt, musste ich natürlich zu deren Kirmesfest, welches am 29. Mai begann.

Lebensretter verdienen es, dass man sie in Ehren und in Erinnerung hält!

Natürlich waren meine alten Lebensretter selber nicht mehr da, aber auch heute sind in der St. Adelgundis Bruderschaft tapfere und gesunde Männer. Ich habe mich dort sehr wohl gefühlt. Trotzdem muss ich sagen: Irgendetwas war befremdlich.

Wofür habt ihr Schützen?

Es war imposant. Die Menschen waren nett, aber es war anders. Die Männer waren nicht ernst, nicht wachend. Ich hatte nicht das Gefühl, das sie kampfbereit sind. Nachdem ich ihnen erzählt hatte, dass ich von ihren Urgroßvätern gerettet wurde, meinte einer:

„Ja, da waren die Schützen noch in ihrem Element! Heute ist das ja Pflege eines Kulturgutes!"

„Pflege eines Kulturgutes?" Das verstand ich nicht. Ich ließ es mir erklären, aber ich weiß nicht, was ich davon halten soll.

Es ist gut, dass es keinen Krieg gibt und dass ihr die Polizei für die Verbrecherjagd habt. Aber es ist nicht gut, dass die Kultur nur noch ein heiteres Erinnerungsspiel ist! Es gibt doch auch heute Dinge, für die ihr kämpfen könnt!

Um in Ruhe nachzudenken und die neuen Eindrücke zu verstehen, ging ich spazieren. Irgendwann war ich an der Ophovener Mühle und ging den alten Beeckbach entlang.

Auf einmal, es war wohl kurz nach vier, hörte ich ein Horn und auch wenn ich den Klang noch nicht kannte, sagte es mir, dass es sich um eine ernste Situation handeln muss. Um mehr Informationen zu bekommen, lief ich in Richtung des Horns.

Schon bald sah ich Männer und Frauen rennen. Sie schienen es eilig zu haben und kamen mit mehreren großen Motorkutschen. Auf den Motorkutschen stand: FEUERWEHR.

Um zu erfahren was los war, ging ich zu einem Mann hin. Er war der SCHAFFNER der Feuerwehr. Dies konnte ich sofort auf seiner Uniform lesen.

Er meinte nur: „Gehen Sie bitte auf Seite, Sie stören uns bei der Arbeit."

Als es etwas ruhiger wurde, konnte ich ihn dann doch noch fragen, was denn los sei und mir stieg bei seiner Antwort die pure Angst ins Gesicht.

„Wie, Sie sind ja immer noch da! Wenn Sie so nah dabei sein wollen, kommen sie doch in die Feuerwehr! Viele Menschen brauchen Hilfe und die Hilfe braucht viele Menschen, jetzt zum Beispiel ist jemand mit dem Finger in einen Reißwolf gekommen!"

„Reißwolf?!"

Ihr wisst, ich habe panische Angst vor Wölfen. Hätte ich gewusst, dass die noch in Wegberg sind, ich wäre nicht vorbei gekommen.

Fluchtartig verließ ich das Gebiet und rannte ins Wegberger Stadtzentrum, wo ich noch ein paar Tage blieb. Ins Stadtzentrum wird sich wohl kaum ein Wolf verirren.

An den folgenden Tagen hörte ich noch oft das Signalhorn und ich dachte an die Feuerwehrmänner und –frauen. Wie mutig und ruhig diese St. Florianskämpfer sind.
Ja, ich glaube die Feuerwehr ist das, was zu meiner Zeit die Schützen waren. Sie wachen über euch zu jeder Tages- und Nachtstunde.

Wegberg, du bist eine schöne Stadt. Aber leider bin ich nicht so mutig und habe Angst vor Wölfen, sodass ich leider nicht mehr wiederkomme. Zum Glück habt ihr eine Feuerwehr, die euch ruhig schlafen lässt. Dankt den Frauen und Männern, wenn ihr nicht schlaft.

Lieben Gruß

Euer Gerd

Juli 2015

Die Selfkantreise

Liebe Freunde,

nachdem ich nun erste Reisen auch nach Übach-Palenberg, Hückelhoven und Wegberg gemacht habe, wollte ich nun nochmal meine nähere Nachbarschaft erkundigen.

Ich hatte gehört, dass das Bauernmuseum in Tüddern so spannend sein soll.

Auf meinem Drahtesel ritt ich von Mindergangelt durch den Wald nach Süsterseel. Mein Plan war, dass es von dort weiter nach Tüddern gehen sollte. Aber wegen einer Baustelle war ich mir des Weges nicht ganz sicher und fragte einen Herrn nach dem Weg.

„Das ist ja lustig, hätte nicht gedacht, dass ich hier noch jemandem beim Weg helfen kann. Hat sich ja alles hier verändert. Aber Tüddern kenne ich. Alte Heimat. Was dagegen, wenn ich ein Stück mitkomme? Sie sehen nicht so, als ob Sie einen schrägen Vogel wegscheuchen."

„Gerne, ich freue mich immer über jeden Reisefreund. Ich bin der Gerd! Ist auch meine alte Heimat. Aber ich bin schon fünfhundert Jahre nicht mehr wirklich hier gewesen."

„Kenne, ich! Kommt mir auch so lange vor. Ich bin Fanni."

Gemeinsam ging es durch den Wald. Ich ritt langsam und Fanni hüpfte neben mir her. Es war sehr unterhaltsam, so einen Menschen hatte ich hier noch nicht getroffen.

„Was machste beruflich?"

„Früher habe ich Atlanten gezeichnet und heute bereise ich die Orte, die mir früher zu kurz gekommen sind."

„Das ist klasse!"

„Und was machst du?"

„Ich bin Künstler. Ich schreibe Texte und singe."

„Wahnsinn, ein Künstler. Ich liebe Künstler, die sind so wichtig, so erhellend!"

„Künstler sind nicht überflüssig. Aber Bäcker sind viel wichtiger. Sie backen das Brot schön knusprig. Und sie stehen schon ganz früh auf. Ohne sie wäre das Frühstück eine Katastrophe. Wir müssten die Marmelade mit dem Löffel essen und die Wurst pur."

Mit dieser selbstkritischen Betrachtung hatte ich nicht gerechnet. Wir schwiegen und ich dachte über seine Worte nach.

Irgendwann, wir waren schon eine Weile unterwegs, musste Fanni ein Bedürfnis verrichten. Er verließ kurz den Weg und ging durchs Farn auf einen Baum zu. Auf seinem Rückweg hüpfte er wieder durch das Farn und trällerte ein Lied. Plötzlich stand da ein Mann vor uns und meinte:

„Ist ja toll, dass ihr auch im Wald Freude habt, aber ist es möglich, dass ihr auf den Wegen bleibt und nicht einfach alles platttretet? Es reicht doch schon, dass man euch meilenweit hört, weil ihr die Ruhe stört."

„Wat bist du denn für ein Wolf und machst hier schlechte Laune?" fragte Fanni. Er grinste dabei, sodass der von ihm bezeichnete Wolf verstand, dass es nicht böse gemeint, sondern ein ihm eigentümlicher Humor war.

„Ja, Wolf ist vielleicht nicht ganz falsch. Ich bin der Wachhund! Aber Scherz beiseite, ich bin der Tom. Ich interessiere mich für den Wald und schütze ihn. Besonders wichtig sind mir die Greifvögel. Ich habe eine Schutzstation hinter dem Wald."

„Greifvögel schützen? Die fressen doch die jungen Hasen und richten ganz viel Schaden bei Jungvögeln an!"

„Da hast du aber in der Schule aufgepasst. Leider haben wir nicht mehr genug Wildvögel. Im Mittelalter wurden sie gejagt oder zur Jagd eingesetzt."

„Ach so, ja, mein Wissen ist schon was älter, bin schon 503."

„503 Jahre? Dann musst du der Gerhard Mercator sein! Entschuldige, dass ich dich nicht erkannt habe."

„Und wer bist du?" fragte Tom.

„Ich bin Fanni von Dannen"

Tom war begeistert. Er kannte scheinbar Fanni und sang direkt ein Lied von ihm. Es ging um eine eigentümliche Mischung von Kindererziehung und Bierkonsum.

Fanni scheint ja wirklich wichtig zu sein. Das wurde mir auch bewusst, als ich das „von" in seinem Namen hörte.

„Wo wollt ihr denn hin, kann ich da noch ein Stück mit?"

„Weiter nach Tüddern. Klar kannst du mit!"

In Tüddern angekommen zeigte Tom uns seine Greifvogelstation und wollte dafür von mir eine Führung durch die Tüdderner Kirche.

Ich dachte mir, das ist ja kein Problem! Tüddern ist mir schließlich gut bekannt. Tüddern liegt an der Straße zwischen Xanthen und Heerlen und gehörte zum Amt Born. Ich war einmal da, als in Tüddern der Kirchturm gebaut wurde, das war so um 1550.

Ein damaliger Freund von mir war im Grunde der Bauherr. Jetzt schlagt mich nicht tot, das ist so lange her, dass ich seinen Namen vergessen habe. Ich nannte ihn immer Pitter! Also Peter. Er war Pfarrer von Millen und sein Vater war schon mit meinem Vater befreundet. Sein Vater stellte Ledertaschen her, die mein Vater als Flickschuster zuweilen nach Jahren des Gebrauchs reparierte.

Damals zeigte Pitter mir sein Werk. Wobei ich bis heute nicht weiß, ob er mich mit dem Katholizismus und seinem Prunkbau bekehren wollte, denn es gefiel ihm nicht, dass ich mich als Gangelter der Reformation angeschlossen hatte. Ich weiß noch, dass ich gar nicht so angetan vom Turm war, aber der vieleckige Chor an der Saalkirche war architektonisch beeindruckend. Der ging aber leider nicht auf Pitter zurück, wie er kleinlaut zugeben musste. All das würde ich Tom und Fanni erzählen können.

Kurz vor der Kirche musste ich aber erkennen, dass sich die Kirche in den letzten 500 Jahren doch verändert hatte. Dies erzeugte zwar bei mir erhöhte Neugier, aber auch die Not, was ich nun Tom und Fanni erzählen solle? Bevor wir in die Kirche gingen, setzte Fanni sich auf den Boden und meinte, dass er draußen warten werde.

„Wieso? Ich bin auch nicht katholisch! Wird heute nicht mehr so eng gesehen! Und ich kann dir aus erster Hand sagen, für Gott sind das nur verschiedene Charakterspiele seiner Kinder!"

„Wieso noch beten? Alles ist gesagt!"

Die Julisonne schien uns stark ins Gesicht.

„Glaubst du nicht mehr an Gott?" fragte ich.

„Es kam die Zeit, da hat mich Jesus inspiriert. Franz von Assisi hat mich zu Lyrik inspiriert. Ich floh vor dem Alltag in die Welt der Religion. Ich dachte, fühlte Gott in mir, doch es war Schilddrüsenunterfunktion."

Tom lachte. Ich verstand das nicht! Aber ich wollte Fannis Gefühle nicht verletzten.

Also gingen Tom und ich alleine in St. Gertrudis.

Wie es weiterging, erzähle ich beim nächsten Mal.

Euer

Gerd

Selfkantreise zweiter Teil

Liebe Freunde,

heute möchte ich erzählen, wie es in Tüddern weiterging.

Fanni wartete draußen und Tom und ich gingen in St. Gertrudis. Das ist der Wahnsinn, wie diese Millener Außenstelle gewachsen ist. Habt ihr so viel mehr Gläubige? Klar, die Orte sind angewachsen, aber so groß?

Tom und ich schreiten durch die Kirchenhalle und ich bin platt. Was für wunderschöne Kirchenfenster! Habt ihr euch einmal genau angeschaut, was da in Blei gerahmt ist?

Ich erzähle Tom ein wenig von der alten Tüdderner Kirche und dass ich nicht erwartet habe, dass die kleine Ortsfiliale von Millen so anwachsen konnte. Leider ist der Turm, der damals neu gebaut wurde und mit dem ich heute, wie damals Pitter bei mir, angeben wollte, nicht mehr erhalten.

Dann bleibt mein Blick an Jesus hängen! Da steht er als Kind!
Jans Holzskulptur habt ihr hier! Lasst mich raten, die hat Mose euch während des Bildersturms besorgt. Der alte jüdische Kunsthändler, vor dem war nichts sicher.

Selbst er als Jude war fasziniert von dieser Skulptur: Weil Jesus nicht als Säugling, sondern als Kind dargestellt ist. Er steht auf dem Schoß seiner Großmutter und streckt seine Arme zur Mutter.

Diese Skulptur ist so modern und entsprach überhaupt nicht unserem Zeitgeist. Kinder wurden behandelt wie kleine Erwachsene. Und hier zeigte Jan, dass es uns die Natur doch ganz anders zeigt: Kinder suchen und wünschen die Hilfe von Erwachsenen. Sie wollen an die Hand genommen werden. Sicherheit wollen sie!

Kinder waren früher nach dem Säuglingsalter sich häufig selber überlassen und zogen sich an der Umwelt selber groß und wenn man als Kind falsch stand, wurde man beiseite geschubst oder angeschrien, dann wusste man irgendwann, wo man hingehört. Irgendwie hat das zwar auch geklappt, aber gut war es nicht.

Jetzt haltet mich nicht für moralisch. Ich habe heute den Vergleich! Ich habe zwar meine Kinder auch nicht anders erzogen und aus denen ist was geworden, aber es geht besser.

Ich glaube, ihr wollt heute den Kindern wieder mehr Freiheit geben. Warum? Schaut sie mal an, sie haben nicht die Bedürfnisse von Erwachsenen. Gebt ihnen Sicherheit.

Als moderner Reformationsangehöriger kann ich die Dreierskulptur wirklich lieben. Ich hätte zwar das katholisch-protzige Diadem weggelassen, die Blume allein macht die Mutter schon zur Königin, und der Faltenwurf, das ist doch wahre Handwerkskunst.

Als wir nach draußen kommen, liegt Fanni auf den Gehwegplatten und beobachtet Ameisen, die sich Tunnel in den Fugen gegraben haben.

Als er uns sieht, ruft er: „Kommt mal her, wir sind alles Ameisen!"
Ich dachte ich hätte mich verhört und dachte er habe "Hier sind alles Ameisen" gesagt. Daran wäre wohl nichts besonders.

Die Ameisen hatten einen Laufweg und Fanni hatte an diesen Laufweg einen Lutscher, wie er es nannte, aufgestellt. Die Ameisen wollten nun zum Lutscher hoch und immer wenn sie am Stiel hochkletterten, hielt er ein Hölzchen störend in ihrem Weg und wenn eine Ameise das Hölzchen überqueren wollte, ließ er das Hölzchen fallen.
Unten angekommen ging die gestürzte Ameise den Weg wieder identisch. Bis Fanni sich entschied, sie auf einen anderen Weg zu pusten, bevor sie das störende Hölzchen erreichte. So zog sie einfach am Hindernis vorbei.

„Genau wie wir! Wir machen seit tausenden Jahren die gleichen Fehler und nur weil der Wind mal anders steht, schaffen wir etwas neu. Das nennen wir dann Lernen oder Fortschritt!"

„Du kannst doch nicht sagen, dass der Mensch nicht schlauer ist als eine Ameise!" Das konnte ich als weiser alter Wissenschaftler nicht so stehen lassen.

"Ja es kommt auf so viele Faktoren an, ob man etwas erreichen kann. Und wenn es nicht klappt, wenn nichts gelingt, dann ist das wahrscheinlich genetisch bedingt." Fanni grinste bei seinen Worten.

Tom legte seine Hand auf meine Schulter und meinte beruhigend: „Zum Bauernmuseum geht es dort lang. Mal sehen, was wir dort entdecken."

Er wusste wohl, dass er mich am schnellsten beruhigt, wenn er mein Forschergen anspricht.

Zum Bauernmuseum wollte ich ursprünglich, weil heute hier die gesamte Landwirtschaft anders aussieht, als ich das kannte.

Zu meiner Zeit gab es viel mehr Bauern und die Felder waren kleiner. Sie waren bunter und jeder Bauer hatte alles.

Ja oder was heißt alles? Es gab Dinge, die hatte der Bauer nicht! Mais gab es nicht. Nicht hier. Er wurde in Spanien zwar schon angebaut und kam sicher kurz nach meinem Tod auch ins spanische Rheinland, aber zu meiner Gangelter Zeit gab es ihn noch nicht. Und Kartoffeln gab es nicht. Der Kaiser hatte sie sicherlich in seinem Garten, weil die Kartoffel eine so schöne Blüte hat, aber niemand hätte diese Knolle gegessen!

Im Bauernmuseum angekommen, roch es herrlich.
Ein Nießens Gerd backte Fla und die war so köstlich, das könnt ihr euch gar nicht vorstellen.

Anschließend bestaunten wir Arbeitsmaschinen, die es zu meiner Zeit noch nicht gab und es war echt seltsam: Was für mich modernste Hochtechnologie war, war für Tom und Fanni Kram von Opa und Oma. Aber alle hatten wir viel Freude. Bis zu dem Zeitpunkt, wo Nießens Gerd mit einem Roggenbrot kam.

„Hier als kleines Geschenk für dich! Mein alter Namensvetter."

Er überreichte mir ein Roggenbrot!

„Ich war bei der Roggenernte und beim Mahlen dabei und nun habe ich es für dich frisch gebacken!"

Ihr wisst nicht, was ich mit Roggenbrot verbinde.

Ich bekam Schweißperlen auf der Stirn bei dem Gedanken das Brot zu essen. Ich sah mich selber mit abgestorbenen Fingern und Zehen und bekam schon von der Vorstellung Darmkrämpfe und Halluzinationen.

„Ich esse keinen Roggen!"

„Ist aber gesund! Ist wahrhaft Vollkorn und gibt Kraft!"

„Als junger Mann hatte ich eine Vergiftung durch Mutterkorn, der nun einmal am Roggen wächst und dann war da noch die Geschichte damals in Millen."

„Mutterkorn? Teufelszeug! Das gab es zu meiner Kindheit auch noch, aber heute ist der in modernen Feldern ausgerottet, bzw. wird in der Mühle entfernt", meinte Nießens Gerd.

"Komme mal mit, ich zeige es dir genau!"

Gerd holte Fotos von der Roggenernte hervor und zeigte mir einige getrocknete Ähren.

„Ihr hattet eine Dürre?"

„Wieso?"

„Da ist doch nichts an Stroh. Diese verkrüppelten Pflanzen, da habt ihr doch nichts fürs Vieh!"

Gerd lachte: „Du bist wirklich aus einer anderen Zeit. Nach dem Krieg wurde Roggen kürzer gezüchtet. Wie hoch war er zu deiner Zeit?"

„Mannshoch und höher! Wir mussten uns doch darin als junge Verliebte vor Pastor, Eltern und den unverheirateten gottesfürchtigen Tanten verstecken, damit wir Verliebten uns auch erkennen konnten!" erklärte ich umständlich.

„Ihr hattet es aber auch faustdick hinter den Ohren!" meinte Nießens Gerd.

„Da seid einmal froh, wenn wir so gelebt hätten wie die unverheirateten Tanten, dann wäre die Schöpfung verloren."

„Und was war in Millen, das erwähntest du eben?" fragte Tom.

„Warte bevor du erzählst! Sollen wir nicht zum Westzipfel fahren, das interessiert dich doch bestimmt: Der westlichste Punkt Deutschlands. Und unterwegs erzählst du uns, was in Millen war."

„Das machen wir so!"

„Können wir nicht den alten Deutz nehmen, um dort hinzufahren? Das alte Pferd ist doch auch froh, wenn es bewegt wird", meinte Fanni.

„Ja, mmh. Ob das so geht? Aber warum eigentlich nicht. Mit `ner Karre dran, wo wir sitzen, sollte das doch was werden. Erst recht wenn Mercator dabei ist!" meinte Nießens Gerd.

Ja und dann fuhren wir, mittlerweile zu viert, zum Westzipfel.

Aber das erzähle ich beim nächsten Mal, weil Schreiberling keine Lust mehr zum Tippen hat.

Lieben Gruß

Gerd

Selfkantreise dritter Teil

Liebe Freunde,

ich hatte versprochen, dass ich erzähle, wie es auf meiner Tüddernreise, die mittlerweile eine Selfkantreise war, weiterging.

Auf dem Weg zum Westzipfel fuhren wir den Millenerweg. Es gab dort einen kurzen Halt, bei dem jeder ein Eis bekam. Ich bin wirklich begeistert, dass ihr das ganze Jahr Eis habt. Das erste Mal habe ich das ja in Waldfeucht kennengelernt und ich muss sagen: das ist super!

Eine kleine Kapelle neuerer Bauart weckte meine Aufmerksamkeit. Aber ich war mir nicht sicher, wie Fanni darauf reagiert. Deshalb verzichtete ich darauf, sie genauer zu erkunden. Außerdem gab es ja das Ziel: Westzipfel.

Ach, hätte ich doch noch mehr Zeit auf Erden.

Dann kamen wir auch schon nach Millen.

Millen war zu meiner Zeit sehr bedeutend. Das kann man sich bei dem heutigen Ort kaum vorstellen. Ich habe das Gefühl, dass Millen in einen Dornröschenschlaf verfallen ist.

Simonne war eine bildhübsche junge Frau vom niedrigen Adel. Ihre Eltern wohnten nahe dem Valkenburger Land.

Als ihre Heimat von vagabundierenden Soldaten heimgesucht wurde, überraschten diese sie, während sie im Fluss badete. Sie wurde ausgeraubt, als Geisel genommen und kam erst nach fünf Tagen frei.

Simonne war anschließend in der Seele krank. Sie sprach mit niemandem über die Geschehnisse in den fünf Tagen und Nächten.

Erst nach einigen Monaten wussten ihre Mutter und ihre Magd, was geschehen war. Es war klar, dass es nicht mehr lange geheim bleiben konnte.

Selbstverständlich konnte sie kein uneheliches Kind bekommen. Diese Schande hätte die Kirche niemals geduldet und auch Simonne wollte nicht das Kind von einem unbekannten Schuft, der ihr die Lebensfreude genommen hatte.

Es gab nur eins: Simonne musste für ein paar Monate „aufs Land zu Verwandten verreisen".

Simonne lebte bei Waldtraut, der alten Millener Kräuterfrau, am Waldrand. Diese hatte versprochen, sich um alles zu kümmern. Damit niemand Verdacht schöpfte, behaupteten beide, Simonne sei Waldtrauts Enkelin.
In den frühen Morgenstunden war Waldtraut immer im Wald unterwegs. Die Millener beäugten die Kräuterfrau zwar mit Misstrauen, denn sie war anders, unheimlich, aber es kam zu keinen Zwischenfällen. Sie mieden sie.

Nun bleibt aber eine hübsche, junge Frau nicht unentdeckt. Schon nach der ersten Sonntagsmesse hatten alle Söhne Millens Simonne entdeckt und natürlich versuchten alle, es bei dem entdeckt allein nicht zu belassen. Jeder versuchte nun, ihr zufällig über den Weg zu laufen.

Weil Simonne schlau war und wusste, dass der Kontakt zu Fremden ihr Geheimnis in Gefahr bringen konnte, blieb sie von nun an, wenn möglich zu Hause.

Abends, wenn alles still war, kochte Waldtraut verschiedene Kräuter und sprach dabei Gebete.

Ich möchte nicht sagen, dass sie eine Hexe war, denn ich selber war sechs Monate wegen Ketzerei im Kerker. Ich weiß, wie schnell man in der damaligen Zeit Probleme bekam.

Natürlich konnte jeder, wenn es draußen dunkel war, durch die Ritzen der Fensterläden schauen und sehen, was drinnen geschah. Dafür mussten nur die Kerzen scheinen oder der Ofen brennen. Aber niemals hätte Waldtraut mit heimlichem Besuch gerechnet, schließlich mied man sie schon am Tage.

Es war Heinrich, der sich in der Dunkelheit neugierig zum Haus schlich.

Heinrich war stark, mutig und ein Tölpel, wenn es ums Denken ging. Er war fett. Als Sohn des Metzgers lebte er wie die Made im Speck seines Vaters. Er hatte natürlich auch ein Interesse an Simonne. Aber alleine schon wegen seines dumpfen und unverschämten Charakters wäre Heinrich nie in Simonnes Auswahl gekommen.

Es hätte ihm aber auch nicht stören müssen, weil er als Metzgerssohn noch früh genug vermittelt worden wäre.

Was er an jenem Abend sah und hörte, weiß ich nicht mehr. Aber es war zuviel.

Am nächsten Sonntag wartete er noch vor dem Dorf auf Simonne, die den Weg zur Messe nahm. Er ging auf sie zu und versuchte mit seinen Informationen, Simonne unter Druck zu setzen. Simonne erkannte die Gefahr nicht. Sie schlug ihn ins Gesicht, sagte, dass er sich schämen solle, eine Dame so anzugehen und ging weiter zur Kirche. Das war ein Fehler!

Als der Gottesdienst zu Ende war, brannte Waldtrauts Haus und vor der Kirche standen drei Soldaten. Simonne kam neben dem Haus des Probsteiverwalters ins Verließ.

Weil ich damals im Ort war, bat mich der Verwalter als Zeuge zum Prozess. Ähnliche Aufgaben hatte ich schon häufiger übernommen. Es galt als Ehrenaufgabe für alle, die sicher in der lateinischen Schrift und Sprache waren.

Simonne bekam den Prozess. Sie hatte die angebliche Hexe Waldtraut gebeten, sie mit Mutterkorn zu behandeln, sodass die Wehen einsetzen, damit sie das Kind verliert.

Simonne gestand natürlich schon bald alles. Auch habe sie an vielen anderen Hexereien teilgenommen und selber Zaubersätze gesprochen. Die Kirche forderte den Tod von Simonne.

Ich besuchte Simonne danach zweimal in ihrem Verließ. Als ehrenwerter Zeuge und da ich auch noch die Absicht kundtat, der gottesfürchtigen Familie das Urteil zu überbringen, wurde mir der Besuch gestattet.

Simonne bat mich, ihr die heilige Kommunion zu bringen. Sie wollte nicht fern von Gott sterben. Dies war aber für eine Frau, die der Hexerei überführt war, nicht möglich. Sie war offiziell aus Christi Mitte ausgeschlossen!

Ich habe den Kerker aber selber in Rupelmonde kennengelernt. Ich musste Simonnes Wunsch erfüllen.

Am Sonntag in der Frühmesse stand ich außen an der Nordseite der Kirche. Ich wusste, dass die überzähligen und schon geweihten Hostien vom Pfarrer durch ein Loch in der Wand nach außen auf den Friedhof befördert wurden.
Die Hostie durfte nach der Wandlung nicht aufbewahrt werden!

Zu groß war die Angst, dass Mäuse die Kommunion fraßen. Mäuse gab es immer. Mäuse, die aber die heilige Kommunion versehentlich fraßen, durfte man die noch töten?

Ich weiß, es klingt verrückt, aber der Aberglaube war auch mitten im alltäglich katholischen Leben angekommen. Aus genau diesem Grund wurden überzählige Hostien auf dem geweihten Friedhof entsorgt und das ging am leichtesten durch ein Loch hinter dem Altar.

Hätte mich Heinrich oder ein anderer Tölpel gesehen und verraten, ich wäre neben Simonne eingekerkert worden. Ein zweites Mal hätte ich es nicht überlebt.

Simonnes Urteil wurde in Born vollstreckt.

Dies verwunderte meine Freunde. Aber mit zum Tode Verurteilten wurde Handel getrieben. So war sichergestellt, dass in jedem Ort regelmäßig jemand hingerichtet wurde und jeder gute Mensch sehen konnte, dass die Ketzerei, Hexerei und andere Verbrechen nicht lohnen.

Simonne starb mit der heiligen Kommunion im Mund.

Nachdem ich die Geschichte meinen drei Freunden erzählt hatte, wollten sie alles vor Ort in Millen sehen. Das Verließ, dieser gottschändliche Ort, ist nicht mehr da. Gott sei Dank. Aber das Loch in der Kirchenmauer ist noch vorhanden.

In der Kirche trafen wir einen Gerhard Passen, der uns dort direkt eine Kirchenführung anbot. Er konnte die Bedeutung des Loches zwar nicht erklären, aber er glaubte mir kein Wort.

Tja, sein Glück, er war damals nicht dabei!

Danach ging es zum Westzipfel. Die Stimmung war nach dem Besuch in Millen ein wenig getrübt.

Das ist also nun der westlichste Punkt Deutschlands!

Fanni war begeistert, dass damals als erstes ein Esel über die Grenze geführt wurde. Mit Tieren hat es der Fanni irgendwie.

Vor Ort waren einige Menschen, die sich über die Gestaltung des Westzipfels unterhielten. Alle waren sich einig darüber, dass es sehr schön ist. Man war sich aber nicht einig, ob es sinnvoll war, soviel Geld für einen Punkt mitten in den Feldern auszugeben.

Ich denke: Gut, dass ihr viel Geld ausgegeben habt!

So oft musste ich Karten neu zeichnen, weil Grenzen kriegerisch verschoben wurden. Vielleicht ist diese Grenze einmal friedfertig, weil ihr viel Geld für die schöne Gestaltung ausgegeben habt. Welcher Politiker möchte sie dann noch verschieben, wenn sie schon so teuer war.

Nachdem noch ein paar Erinnerungsfotos gemacht wurden, reiste ich zurück.

Euer Gerd

November 2015

Die Geschichte von der Weltkarte

Liebe Freunde,

ich habe das Jahr nicht vollenden können.

Ich bin dem Himmel dankbar, auch wenn es kein ganzes Jahr war, dass ich auf die Erde zurückkehren durfte. Viele Freunde habe ich hier gefunden.

Mittlerweile geht meine Kraft zu Ende.

Schreiberling und ich haben nachts immer die Reiseberichte für euch gemacht. Leider habe ich nun nur noch morgens Kraft. Schreiberling ist dann leider nicht verfügbar. Er erklärte mir den Umgang mit einem Aufnahmegerät. Wenn ihr die Zeilen lest, bin ich schon bei der Arbeit für den neuen Himmelsglobus. Schreiberling versprach es, für euch nachher abzutippen.

Ich habe oft über Schreiberling geschimpft. Er ist bei mir zu einem anständigen Kerl und mein Freund geworden. Nehmt es mir nicht böse, dass ich gehen musste. Schreiberling wird alles bis zum Schluss richten.

Ich kann euch leider nicht mehr von der Pest in Erkelenz erzählen. Auch vom Kaiserbesuch in Wassenberg wollte ich berichten, wie ich tollpatschig die zweite Holztreppe an der Nordseite des Turms herabstürzte und gehetzt kurze Zeit später im Dornenwall am Ende des Wassergrabens hing. Ich wollte von den hohen Herren in Heinsberg und Geilenkirchen erzählen, euch an eurem Halloween gruseln mit der Geschichte vom Stubbe-Peter, der am 31.10 als Werwolf hingerichtet wurde. Berichten, wie Mose und ich den Altar nach Süggerath brachten und damit Herman von Randerath halfen, dass er aus Dankbarkeit ein Portrait von Mose außen auf den Altar nachfertigen ließ. Und ich wollte von meiner Reise nach Duisburg erzählen, wo sie meine Knochen verloren haben. Aber all das ist leider nicht mehr möglich. Sucht selber die Spuren. Vieles ist noch da.

Eine Geschichte aber möchte ich noch erzählen, denn es war der häufigste Wunsch, der hier an mich heran getragene wurde: Erzähle, wie die Idee zum Globus beziehungsweise zur Weltkarte kam.

Diesem Wunsch komme ich nun nach:

In diesem Wunsch sind leider zwei Ungenauigkeiten:

Globen gab es schon. Ich habe die erste Weltkarte gezeichnet, von 3D auf 2D, wie Schreiberling es ausdrückt und nicht ich hatte die Idee, ich hatte das Glück sie umzusetzen.

Gerne erzähle ich euch, wie das mit der Weltkarte kam. Aber das dauert ein wenig länger. Also ich hoffe, ihr verliert nicht die Lust am Lesen.

Alles begann irgendwann zwischen 1530 und 1534 bei einem Aufenthalt in Gangelt.

In Gangelt beginnen scheinbar oft die großen Weltpläne. Wobei ich das damals nicht erwartete.

Ich lebte damals in Louvain.

Ich war auf jeden Fall irgendwann in dem oben genannten Zeitraum in Gangelt zusammen mit meinem alten Schreiberling und Freund, dem Juden Mose. Mose hatte dort zu tun. Es ging bei ihm wieder einmal um Kunstwerke und er hatte mich gebeten, ihm bei irgendetwas zu unterstützen. Ich weiß nicht mehr, um was es ging.

Es ist schon komisch, mein größter Erfolg beginnt hier und ich weiß nicht, warum ich da bin. Hätte ich gewusst, was damals entsteht, so hätte ich es mir gemerkt. Das Leben ist schon verrückt.

Was ich noch weiß, ist, dass Mose mir einen jungen Mann vorstellte: Costa!

„Ich bin so froh, dass du dabei bist! Costa ist für mich ein wichtiger Mann. Er hat scheinbar die besten Kontakte. Ich hoffe, du magst ihn."

„Du redest von ihm als sei er ein Herrgott." Ich lachte und beobachte, wie Mose reagierte.

Selten schwärmte er so von etwas und wenn doch, dann waren es für gewöhnlich Kunstwerke.

„Nein, er ist kein Herrgott. Er ist vielleicht manchmal sogar im Bund mit dem Teufel, das wirst du merken. Aber er kann mir eine Menge Lohn einbringen."

„Wir werden schon sehen. Woher kennst du…", ich wurde unterbrochen.

Mose sprang auf und in der Tür stand Costa.

Costa hatte schwarze Haare, dunkle Mittelmeerhaut, eine normale Figur, nicht schlank, nicht dick. Schneeweiße Zähne, die man wegen seines Lächelns, nein, das war kein Lächeln, war es ein Grinsen? Ich weiß es nicht! Auf jeden Fall sah man immer seine Zähne. Er machte einen glücklichen Eindruck und er konnte die Menschen sicher mit seiner Freude anstecken. Doch er war nicht einfach ein lieber Kerl, wie jetzt vielleicht der ein oder andere denkt. Seine Augen funkelten und man wusste sofort, dass er mit allen Wassern gewaschen ist.

„Costa!"

„Mose!"

Die beiden begrüßten sich herzlich wie zwei alte Freunde.

„Das ist mein Lehrmeister und heutiger Freund Gerhard Mercator. Ich habe dir schon viel von ihm erzählt. Er soll dabei sein. Sein Rat ist mir hilfreich und wichtig!"

„Wer seinen Lehrmeister nach der Lehre einen Freund nennen darf, sei glücklich. Und wenn es dein Freund ist, so freue ich mich, ihn kennenlernen zu dürfen. Herr Mercator, es ist mir eine Ehre!"

Costa streckte mir die Hand entgegen.

„Mose redet sehr gut von Ihnen, er nennt Sie beim Vornamen. So sollten wir es dann auch tun. Wie er schon sagte: Gerhard!"

Er hatte einen kräftigen Händedruck. Erst jetzt bemerkte ich, dass er zwar von gewöhnlicher Statur war, jedoch gleichzeitig sehr zäh zu sein schien. Wie ein Mann, der schon als Kind durch Ringen, Raufen und Klettern, seinen Körper forderte und dies nicht erst bei der Arbeit lernte. So war er das Gegenteil von Mose.

Ich weiß noch, dass es danach im Gespräch um Bilder und Skulpturen ging, von denen Mose, wie auch Costas scheinbar ein identisches Bild vor Augen hatten. Für mich blieb es aber verborgen. Beide schwärmten sie, wenn es um die Kunst ging.

Sobald es aber um Preise ging, schienen sie komplett verschieden. Mose saß da, hatte die Augen weit aufgerissen und sein Mund stand offen, als er Costas Preisvorstellungen hörte. Es schien nicht zu teuer zu sein, es war vielmehr jenseits von Gut und Böse.

Konnten die beiden sich auf irgendetwas einigen? Ich weiß es nicht mehr. Ich denke aber schon. Costa war Mose zu wichtig, als dass er das Geschäft hätte ganz platzen lassen, auch wenn er dafür eine Unsumme aufbringen musste.

Irgendwann ging es um Perspektiven in der Kunst.

„Er ist zwar kein Künstler, aber das kann er perfekt. Er zeichnet die Landschaft wie kein anderer."

Mose und Costa schauten mich an,

Ich hatte nicht wirklich zu gehört und so versuchte ich den letzten Satz noch einmal geistig nachklingen zu lassen.

„Landschaft zeichnen, wie kein anderer."

„Achso, ja, Landschaften! Auf die richtige Perspektive kommt es an. Es gibt einen Fluchtpunkt, ohne den wirkt alles naiv. Es gibt einen Vordergrund und einen Hintergrund, ansonsten wirkt es platt." Hörte ich mich selber eher gelangweilt sagen.

Mose legte mir Papier und Stift hin.

Ich deutete einen Weg an, der auf ein Haus zu lief, an dessen Seite ein Zaun stand. Im Vordergrund noch einen Stall und in der Ferne einen Ochsenkarren.

„Das sieht echt aus!" Costas staunte und ausnahmsweise waren seine Zähne, trotz offenen Munds, nicht zu sehen.

„Worin hast du Mose ausgebildet? Was ist dein Lehrberuf?"

„Ich bin Kartograph! Ich zeichne Landkarten."

„Du solltest Maler werden! Kirchen solltest du gestalten!"

„Danke, aber das mit den Kirchen ist bei mir oft ein schweres Ding. Ich weiß nicht, ob die immer glücklich mit mir wären. Und als Kartograph habe ich auch genügend Herausforderungen."

„Das kann ich mir zwar vorstellen, aber du solltest trotzdem darüber nachdenken."

„Wie gesagt, das wird nichts mit der Kirche und mir. Ich hoffe, Gott wird mir dankbar sein, wenn ich seine Kugel irgendwann auf Papier gebracht habe. Das ist noch schwer genug."

„Klar, bis man da alles eingezeichnet hat."

„Das ist nicht das Problem. Wie bekomme ich einen Globus aufs Papier. Es will einfach nicht klappen. Und dabei wäre es so hilfreich für die Seefahrt."

In den nächsten Tagen trafen wir uns noch einige Male.

Wenn ich damals gewusst hätte, dass Costa mir viele Jahre später zu meinem Lebenswerk verhelfen wird - ich wäre sicher nicht mehr von seiner Seite gewichen.

Galileo war zwar mein großes wissenschaftliches Vorbild, seine Erkenntnis machte mir jedoch meine Arbeit so schwer - aber vielleicht auch deshalb erst sinnvoll.

Mit der neuen Weltsicht weigerte sich die Erde vehement, wieder eine Scheibe zu sein. Wie löst man das Problem, wenn die Kugel nicht mehr aufs Blatt will?

Ich musste das Problem irgendwie lösen. Der Kaiser und die Könige aus Spanien und der Niederlande sehnten sich nach zuverlässigen Karten. Seewege wurden gefunden, doch es war schwer, sie zu sichern. Immer noch waren die Capitäne tollkühne Fahrer, wenn sie den Mut hatten, die Uferlinie aus der Sicht kommen zu lassen. Dieser Mut konnte belohnt werden, indem ein für den jeweiligen Landesherren kürzerer Handelsweg oder neues bewohnbares Festland gefunden wurde, aber es konnte auch schnell in eine irrfahrende Odyssee mit Seeungeheuern, Skorbut und Meuterei enden.

Durch meine Anstellung bei Gemma Frisius war zwar mein Auskommen zumindest für die nächste Zeit gesichert. Es reichte, um das Nötigste zu besorgen. Jeder kleine Bauer hatte zwar mehr, aber ich konnte in dieser Zeit meine Familie ernähren, was zuvor nicht immer leicht war. Meine Frau, schimpfte oft:

„Kartograph! Du hast mehr gelernt über die Welt als die Ärzte und die Pastöre, doch es reicht wieder nur für Milchsuppe mit Brot. Wieso bist du nicht einfach Flickschuster wie dein Vater geworden, dann würde es uns schon besser gehen!"

Diese Frau liebte mich. So sehr sie unter dauernder Arbeitslosigkeit, häufiger Armut mit Kälte im Winter, meiner Zeit in Haft als Ketzer litt, sie hielt zu mir. Und auch wenn es nur für das Nötigste reichte, war sie froh, dass ich bei Gemma Frisius angestellt war. So war wenigstens nicht mit zu großem Hunger und Kälte im Winter zu rechnen.

Mit jeder kleinen Karte, die ich zum Teil nur auf Grund von Erzählungen und Skizzen von einem dieser tollkühnen Seefahrer entwarf und mit jedem Globus, den ich baute, stieg in mir der Wunsch, eine absolute Karte zu entwerfen. Eine Weltkarte, die endlich das Leben der Seefahrer und meinen Lebensunterhalt bis zum Ende sicherte.

Dieser Wunsch war oft so groß, dass ich auch wütend wurde, weil ich immer nur scheiterte.

Einmal sogar ließ ich in einem Akt der Verzweiflung im Jahr 1546 einen Globus walzen. Es half nichts, ein platter und kaputter Globus ist keine Weltkarte.

Die Schande des Scheiterns wurde noch bestraft, als Gemma Frisius sah, was ich angerichtet hatte.

Ich war gerade dabei, auf einer neuen Kugel Hilfslinien einzuzeichnen.

„Wo ist der Globus, an dem du gearbeitet hattest?"

„Zerstört!"

„Wie, zerstört?"

„Ich habe ihn gewalzt. Ich hatte gehofft, eine Idee zu bekommen, wie ich eine Weltkarte entwerfen kann."

„Und dann hast du was? Ihn gewalzt? Bist du von allen guten Geistern verlassen?"

Es dauert keine zwei Sekunden, dann setzte es eine Prügel.

„Du Idiot, du zerstörst hier einen Globus, Weißt du, was mich das kostet?"

Ich hatte nur einmal zuvor nach meiner Lehrzeit Prügel von meinem damaligen Meister bekommen. Das war üblich nach der Lehrzeit. Jetzt hatte ich es aber verdient. Es war wirklich verrückt von mir, den Globus zu walzen. Was hatte ich mir gedacht? Es war kindisch und es war ja nicht mein Globus. Er gehörte, wie alles, was ich in Frisius Werkstatt herstellte, ihm.

„Einen halben Monat Lohn ziehe ich dir ab! Und wenn es nochmal vorkommt, dann Gnade dir Gott wirst du meine Werkstatt nie mehr betreten! Da kannst du noch ein so guter Kartograph sein! Einen Globus walzen, ich glaube es nicht!"

Am Abend ging ich nach Hause. Ich hatte Angst, es meiner Frau zu sagen. Einen halben Monat keinen Lohn, das würde bedeuten, dass bei der Milchsuppe das Brot nun auch wegfallen würde.

Als ich es erzählte, hielt Barbara ihre Hand vor den Mund. Sie stand wie angewurzelt da. Dann lief sie in die Schlafkammer. Sie schrie und weinte. Catherine, unsere jüngste Tochter, die schon geschlafen hatte, wurde wach. Ich sah, wie sie kurz aus der Tür schaute und dann scheinbar zurückgezogen wurde. Die Tür zum Zimmer war wieder geschlossen.

Ich hörte meinen Sohn Arnold, wie er scheinbar versuchte, Catherine zu trösten: „Mutter weint, aber es wird alles gut. Mach dir keine Sorgen. Egal was Vater gemacht hat, es wird wieder gut. Mutter schafft es immer!"

Nebenan schluchzte meine Frau. Ich wusste, es war nicht gut, wenn ich jetzt zu ihr ging. Ich würde es nur schlimmer machen.

Nach einer Stunde war es still. Ich ging nun auch ins Zimmer. Barbara stand auf und trommelte mit ihren Fäusten auf meine Brust.

„Warum machst du sowas? Du kannst doch nicht deine Anstellung riskieren. Du hast uns. Wie sollen wir ohne deine Anstellung den Winter schaffen?"

Ich schaute zu Boden und schwieg.

„Morgen gehe ich zum Pastor. Er sucht eine Haushälterin, zumindest für diesen Monat brauchen wir das Geld. Es geht nicht anders!"

Es klang so, als würde sie sich entschuldigen, dass sie nun arbeiten müsste. Natürlich wollte ich nicht, dass sie neben unserem Haushalt nun noch mehr arbeiten musste. Und natürlich war der Pastor nicht mein größter Freund. Aber wenn, dann hätte ich mich entschuldigen müssen und nicht Barbara. Sie war es, wie Arnold schon sagte, die wieder alles richten würde.

Als ich am nächsten Tag in der Werkstatt stand, ging es mir schlecht. Ich wusste, dass Barbara jetzt sicher schon im Haushalt des Pastors arbeitete. Und dass nur wegen meines egoistischen Aktionismus. Mit diesem schlechten Gewissen bei der Arbeit kam Frisius an meinen Arbeitstisch.

„Ein türkischer Prinz hat tausend Goldstücke ausgerufen für denjenigen, der ihm eine Weltkarte für die Seefahrer schafft. Schick ihm doch den gewalzten Globus!"

Die Türken! Eine Weltkarte für den Islam? Wenn nun einem türkischen Landvermesser dieser Geniestreich wie auch immer gelingen würde, das Abendland und sein Christentum wären dem Untergang geweiht.

Ich muss die Erde aufs Papier bringen. Egal, was es kostet!

Mose hatte ich seit einer Ewigkeit nicht gesehen. Seitdem sein Sohn bei der Schlacht bei Wehr getötet wurde, hatte er sich trauernd zurückgezogen und folgte einer inneren Mission.

Er suchte nun nach Möglichkeiten, Feuer schnell zu löschen und Verbrennungen zu lindern. Viel von seinem Ersparten steckte er in Maßnahmen, die den Brandschutz verbesserten. So stiftete er an alle Haushalte Juteeimer, um im Feuerfall schneller Wasser an die Brandstelle zu bekommen.

Er unterstützte Kräuterfrauen, die Brandsalben aus Kräutern wie Efeu, Hundsrose und Tüpfeljohanneskraut herstellten und experimentierte mit Salz-Sandgeschossen, die er über Feuer explodieren ließ. All seine Energie und Kraft nutzte er, um die Macht des Feuers zu bekämpfen, weil das Feuer seinen Sohn getötet hatte.

Umso mehr war ich verwundert, als er auf einmal bei mir in der Werkstatt stand.

Ich hatte ihn nicht kommen hören und ich erschrak, als ich mich umdrehte. Dann sah ich in das gealterte Gesicht meines früheren Schreiberlings und Freund Mose. Seine Augen trugen Ringe und er stand gebückter als ich es sowieso von ihm gewohnt war.

Er murmelte irgendetwas. Es klang freundlich, aber ich verstand es nicht und ich wollte aus Höflichkeit nicht nachfragen. Stattdessen umarmte und drückte ich ihn:

„Mein guter Freund Mose, schön dass du gekommen bist. So oft denke ich an dich. Wie geht es dir?"

Mein Lächeln erwiderte er nicht.

„Es ist wie es ist. Jeden Tag kämpfe ich mit dem Unsinn meines Daseins. Es sollte nicht sein, dass ein Sohn vor dem Vater geht. Ich versuche, seinen Tod durch das Bekämpfen von Feuer zu rächen. Aber es gelingt nicht recht. Ich bin hier, weil ich Nachricht von Costa erhalten habe. Kennst du ihn noch? Wir waren vor Jahren gemeinsam in Gangelt."

„Ja, der Kunsthändler mit den weißen Zähnen. Er wollte, dass ich Kirchenmaler werde. Was für eine Nachricht schreibt er denn?"

Mose hielt mir einen Brief hin, den ich öffnete und laut vorlas:

Hochwürdigster Kartograph Mercator,

ich hoffe, Ihre Gesundheit erfreut sich Kraft und fehlendem Leid. Sicherlich wundert Ihr euch nach all den Jahren von mir zu lesen und ich hoffe, Ihr habt mich nicht vergessen. Ihr Freund Mose machte uns vor Jahren bekannt und Sie erzählten, dass Sie nach einer Lösung zur korrekten Darstellung von Seewegen für eine Weltkarte suchen.

Ihr Problem erschien mir neulich wieder und ich machte mir Gedanken dazu. Ich arbeite nun gelegentlich für einen türkischen Prinzen, der sich auch eine Lösung für die Seewege wünscht.

Seit meinem Verlassen Ihrer Heimat erwirtschafte ich mir meinen bescheidenen Lohn unter anderem, indem ich die Fieberkrankheit Malaria für den Prinzen bekämpfe. Zurzeit betreibe ich zusätzlich eine Kunstschule in Patras. Ich glaube, ich kann Ihr Problem lösen und lade Sie deshalb zu mir ein.

Sie ahnen, dass ich die Lösung nicht beschreiben kann. Aber ich kann es sicherlich hier in Patras an einem Modell vorführen.

Kommen Sie nach Patras und helfen Sie mir bei den Koroneiki oder lehren Sie meinen Schülern die Kunst der Perspektive. Ich selber muss zwischen zeitlich wieder auf türkischen Boden, doch sobald ich da bin, mache ich Sie mit meinen Modellen und Instrumenten vertraut.

Wenn Sie nach Patras kommen, fragen Sie nach der Kunstschule Costa. Man wird Ihnen den Weg zeigen. Ich freue mich, wenn ich Sie als meinen Gast beherbergen darf.

Möge Gott Sie und Ihre Familie schützen, Ihren Reichtum mehren und Ihre Arbeit wohl gelingen lassen.

Ihr Freund und Edelmann

Costa von Patras

Nach Patras reisen? Das ist unmöglich! Wie soll ich das mit meiner Familie schaffen? Was ist Koroneiki? Warum bekämpft ein Edelmann Malaria für die Türken?

Ich verstand den Brief nicht. Und es war unmöglich, dass ich jetzt, wo bald der Herbst und Winter kommen würde, nach Patras reise. Aber der türkische Prinz hatte ein Vermögen für eine Weltkarte ausgerufen und Costa hatte ein Modell. Ich musste also nach Patras!

Ich sagte meiner Familie nichts und verbot Mose, über den Inhalt des Briefes zu sprechen.

„Costa ist gefährlich. Du kannst ihm nicht blind trauen! Du hast Familie, einen Sohn und eine Tochter. Willst du sie im Winter alleine lassen? Vielleicht weiß Costa ja was, vielleicht weiß er aber auch nichts. Du kannst dieses Risiko nicht eingehen!"

„Ich muss es tun. Es kann nicht sein, dass sonst anschließend ein dahergelaufener Landvermesser eine Idee bekommt und die Seewege an die Türken und den Islam fallen. Ich muss nach Patras!"

„Hätte ich euch doch nie miteinander bekannt gemacht! Was für eine Schuld habe ich auf mich genommen. Meinen eigenen Sohn habe ich verloren und du verlässt die Familie für eine Idee, die dir ein Fremder in den Kopf setzte, den ich dir vorgestellt habe."

Ich brauchte drei Tage zur Vorbereitung. Dann zog ich los nach Patras, während meine Familie dachte, dass ich in die Werkstatt gehe.

Wenn ihr denkt, dass uns das Reisen nicht bekannt war, dann irrt ihr!

Reisen, war uns bekannt, aber es war nicht das Reisen, wie es der Mann von der Weide in Waldfeucht mir beschrieb. Wir reisten nicht auf dem Drahtesel und es war kein Vergnügen.

Reisen kommt nun einmal vom Wort „aufstehen" und „aufbrechen". Und wann steht man auf? Wenn man es muss!

Reisen war zum Teil gefährlich und teuer. Zum Glück hatte ich Reiseerfahrung. Oft reiste ich auf Ochsenkarren um meine Messinstrumente zu transportieren, aber da galt es, auf unbefestigten Wegen den Sümpfen zu entgehen oder auf befestigten Wegen hohe Zölle zu zahlen. Natürlich war man nie sicher vor Plünderungen und vor wilden Tieren.

Wenn ich für Kaiser, Könige und Fürsten unterwegs war, stand ich oft unter Begleitschutz.

Nun hatte ich diesen Begleitschutz nicht. Auch hatte ich kein Vermögen, mit dem ich die Zölle zahlen konnte. Das wenig ersparte und geliehene Geld ließ ich für meine Familie zurück. Für einen knappen Monat würde es vielleicht reichen. Niemals wäre es genug für die gesamte Zeit, die ich weg war. Aber ich musste nach Patras.

Ich hatte mir folgende List überlegt. Ich reiste ohne Proviant und gab mich als Pilger nach Rom aus. Dies hatte den Vorteil, dass Pilger nichts zum Ausrauben hatten und ihnen immer Hilfe zustand.

Hatte ich ein schlechtes Gewissen, dass ich den Glauben ausnutze? Nein, natürlich nicht. Denn wenn es mir gelingen sollte, Gottes schöne Erde auf eine Weltkarte zu bringen, bevor es den Moslems gelingen sollte, so war der christliche Glaube über Jahrhunderte gesichert. Somit war ich ja tatsächlich in heiliger Mission.

Bis zu den Alpen reiste ich über den Rhein. Fährmänner fanden sich immer leicht. Da sie selber viel reisen mussten, hatten sie oft keine Heimatgemeinde und waren dankbar um geistlichen Beistand, den ich als angeblich katholischer Rompilger natürlich bestens leisten konnte.

Beschwerlich war der Weg über die Alpen, wobei die Wege befestigt und nicht sumpfig waren. Viele Nächte fand ich in Ställen eine Herberge und morgens schenkten mir ärmliche Bauern Fett und Milch. Beeren und Obst wuchsen vereinzelt an Wegen.

In der Po-Ebene ging es wieder gemütlich zu, wobei es schwerer war, nun als Pilger voranzukommen, denn nun fuhr ich auf dem Po zur Ägais. Da jedem klar war, dass ich mit dieser Himmelsrichtung kein Rompilger sein konnte, entschied ich nun, dass ich ein Korinthpilger sei.

Obwohl Korinth biblisch sehr bekannt ist, war ich wohl der erste Korinthpilger. Auf jeden Fall wurde ich skeptischer betrachtet. Erst nach vier Aufenthaltstagen wurde ich von einem Handelsschiff kostenlos mitgenommen. Ich bekam einen Platz weit unter Deck und musste beim Löschen und Beladen des Schiffs behilflich sein. Nach Zwischenstopps in Ankona und Bari ging es vom adriatischen ins ionische Meer nach Patras. Fünf Tage brauchten wir übers Meer. Leichter Landwind trieb uns aus dem Hafen. Doch auf dem offenen Meer kamen wir zum Stillstand. Kein Lüftchen wehte und die Sonne brannte für Herbst ungewöhnlich stark. Die Ruder wurden besetzt, bis am dritten Tag plötzlich ein extremer Sturm aufzog.

Die Segel waren drinnen, das Meer tobte. Regen und Wellen schlugen auf das Schiff. Mit aller Kraft versuchte der Steuermann das Boot richtig in den Wellen zu halten. Die Mannschaft betete, weinte, kotzte und betete. Wir hatten Angst. In den Morgenstunden des fünften Tages sahen wir das Ufer. Der mittlere Mast war hoch oben gebrochen, was nicht so schlimm war. Schlimmer war, dass das Steuerruder nicht mehr ganz funktionierte.

Als wir an der Küste ankamen, waren keine Segel außen, der Anker raste in die Tiefe und stoppte das Schiff. Mit Ruderbooten ging es an Land. Das Schiff blieb manövrierunfähig aber gesichert vor dem Hafen liegen und wurde erst Tage später in den Hafen geschleppt. Aber das war mir egal. Wir hatten überlebt.

In Patras fand ich schnell Costas Kunstschule. Jeder in Patras schien Costas zu kennen. Ich hatte das Gefühl, dass er einflussreich war, aber dass die Menschen ihn nicht recht mochten. Natürlich kann ich mich auch irren.

Auf dem Weg zur Kunstschule kam ich an vielen Olivenfeldern und kleinen Gärten mit Obstbäumen vorbei. In der Kunstschule waren viele junge Männer. Sie schienen türkischer Herkunft zu sein. Vielleicht sogar Moslems.

Ein großer Gutshof mit Kunstwerkstätten war nun meine neue Unterkunft. Ich wurde freundlich empfangen und erfuhr, dass Costa seinen Leuten hatte ausrichten lassen, dass sie sich um den kommenden Gast bemühen sollten und dass Costa selber noch wegen Malariabekämpfung auf türkischen Inseln sei.

Malariabekämpfung! Costa, was für ein Tausendsassa. Kein Wunder, dass der Ideen für die Weltkarte bekommt.

Am nächsten Morgen bekam ich ein fürstliches Frühstück. Die Strapazen der letzten Wochen hatten mich hungrig gemacht, sodass ich nun, nachdem ich ausgeruht hatte, schlemmte, wie schon lange nicht mehr.

Wie würde es zu Hause sein? Mose hatte ich gebeten, dass er meine Familie unterstützen solle. Das würde er sicher tun. Aber würde es reichen? Es machte keinen Sinn, sich darüber Gedanken zu machen. Am Ende würde Gott schon alles zum Guten richten, wenn er diese Prüfung von mir verlangt. Außerdem konnte ich hier sowieso nichts ändern.

Nach dem Essen ging ich in die Werkstätten und machte mir einen ersten Eindruck von dem, was Costas hier machte. Costa hatte sich ja gewünscht, dass ich mich kenntlich erweise, indem ich seinen Schülern das perspektivische Zeichnen lehre.

Die Werkstatt versuchte eine Massenproduktion von Heiligenbildern für die orthodoxen Kirchen. Aber was war das für naive, platte Kunst?

Die jungen Männer wussten zwar, wie sie Farben herstellten und das gelang ihnen wirklich vorzüglich, auch konnten sie geometrische Figuren zeichnen, aber trotzdem wirkte alles platt. Naiv. Keine Perspektive. Nichts!

Ich zeigte ihnen, ohne türkisch zu können, wie gute Bilder entstehen. Sie schauten mit großen Augen und versuchten mich zu kopieren. Sie versuchten es tagein und tagaus. Trotzdem gelang ihnen keine schöne Ikone mit Hintergrund. Das, was sie schufen, konnte man nicht verkaufen. Und da ich es ihnen nicht sprachlich erklären konnte, würden sie es wohl auch nie begreifen. Dann kam mir eine Idee.

Sie konnten leuchtende Farben zeichnen. Also ließ ich sie eine goldene Farbe mischen. Nun malten sie ihre Heiligen und es wurde auf einen Hintergrund verzichtet. Dieser wurde einfach nur königlich golden gemalt. Goldumrahmte Heilige. Welcher Hintergrund kann würdiger sein? So schufen die jungen türkischen Künstler Ikonen, welche sich sicherlich gut verkaufen ließen und niemand musste zugeben, dass sie nur zu schlecht zum Hintergrund malen war.

Costa ließ auf sich warten. Ok, seine Mission, die Malaria zu bekämpfen, ist wichtig und ich sollte froh sein, dass ich durch ihm die Chance bekomme, die Weltkarte aufs Papier zu bringen. Aber manchmal wurde mir abends mulmig, wenn ich daran dachte, dass meine Familie ohne mich den Winter durchstehen musste. Sicher, Mose würde das Nötigste schon einleiten, aber schön war der Gedanke nicht. Tagsüber konnte ich mich zum Glück immer ablenken.

Mittlerweile hatte die Olivenernte begonnen. Damit erklärte sich, was Koroneiki sind. Koroneiki ist eine besonders hochwertige Olivensorte.

Dass der größte Karthograph aller Zeiten zwischendurch Olivenbauer werden musste, ist ein Geheimnis, welches ich natürlich lange Zeit verschwieg. Jetzt möchte ich es erzählen, damit ihr wisst, dass mir der Erfolg nicht in den Schoß gefallen ist, sondern dass ich dafür kämpfen und Umwege laufen musste.

Im November begann die Ernte. Costa machte scheinbar nebenbei ein gutes Geschäft mit den Oliven. Das gute Öl verkaufte er als Nahrungsmittel und die Schlechteren verwendete er zur Farbherstellung. Dieser Mensch managte alles und machte ein Vermögen, selbst wenn er selbst nicht Hand anlegte.

Und nun war ich hier und wollte mich natürlich integrieren. Und so schwer kann es ja nicht sein, Oliven zu ernten.

Oliven kann man nicht pflücken wie Kirschen. Es hängen so viele Oliven am Baum, dass man ewig bräuchte, um sie einzeln zu pflücken.

Für die Ernte schlägt man mit einer flachen Gabel gegen die Äste, so dass die Oliven herunterfallen.

Also drückte man auch mir eine flache Gabel in die Hand und ich sah aus wie Poseidon persönlich. Ich sage euch, das ist harte Männerarbeit.

Ich wollte ja lieber warten, bis die Oliven von selber runterfallen. Aber auf so eine schlaue Idee wollten sich meine Kollegen nicht einlassen. Irgendwie stumpfsinnige Typen, diese türkischen Helfer.

Nach zwei Stunden war ich schon so erschöpft, dass ich von den anderen Männern getrennt wurde.

Nun war ich zuständig, zusammen mit den Frauen die Oliven, die in ausgebreitete Netze gefallen waren, von Blättern und kleinen Ästen zu befreien. Auch diese Arbeit ging nach kurzer Zeit ins Kreuz, aber leider wurde niemand gebraucht, der eine Zeichnung von der Arbeit anstellt oder sie koordiniert.

Ja, ich war ein wenig aus der Übung und körperliche Arbeit war nicht ganz mein Element.

Die vollen Karren wurden vom Esel zur Olivenmühle gezogen. Das war eine Arbeit, die ich mochte. Deshalb meldete ich mich dafür, den Eselkarren zur Mühle anzutreiben.

Antreiben, dachte ich mir, ist eine Arbeit für einen Intellektuellen.

Ich war wohl hier dann ein wenig übereifrig, weil ich den Esel zu schnell laufen ließ. Im abschüssigen Gelände rutschte der Karren weg und zog den Esel und mich beinahe in den Tod.

Zum Glück konnte ich mich retten, indem ich rechtzeitig absprang. Der Esel, der jedoch fest eingespannt war, hatte kein Glück.

Für den Unfall gaben mir dann alle anderen die Schuld.

Niemand sagte, dass der Karren auch viel zu schwer beladen war, die Wege nicht ordnungsgemäß befestigt waren, dass der Esel eigentlich ein Gespür für Gefahr haben sollte, oder was weiß ich, warum so was passieren konnte.

Nein, ich war nun der Schuldige und niemand wollte mich mehr in den Olivenhängen sehen.

So half ich dann in der Mühle mit.

In der Mühle liefen fünf unterschiedlich große Mühlsteine. Sie malten die Oliven zur Paste. Die Mühlsteine wurden meist von Eseln angetrieben. Da ich aber für schuldig für den Tod eines Esels befunden wurde, lief ich zur Unterstützung der anderen Tiere zwei Tage im sogenannten Koller.

Die Paste wurde anschließend verarbeitet, indem sie abwechselnd mit einer Schicht Stroh in vielen Schichten getürmt wurde. Diese abwechselnde Schichtung wurde dann noch gepresst, bis unten der Olivensaft austrat. In den Strohmatten verfingen sich die Kerne, die mit Schafscheiße ein idealer Dünger für die Olivenbäume war, wobei ich die Kerne lieber als Brennmaterial nutzte.

Zum Schluss wurde der Olivensaft in einer Zentrifuge geschleudert, bis das natürlich kaltgepresste Öl auslief.

Nach der Olivenernte im Februar war Costa immer noch nicht da, sodass ich mich weiter nützlich machen durfte. Der Zwischenfall mit dem Esel war zwar nicht vergessen, aber ich durfte nun wieder mit in die Olivenhänge. Wir schnitten die Zweige aus den Bäumen, die nach innen oder nur steil nach oben oder zu schnell nach draußen schossen.

Dies war nötig, damit der Olivenbaum Luft und Sonne bekam. Im zu dichten Baum setzt sich eine Stichfliege ein, die die reife Frucht anfällt und sie am Baum verfaulen lässt. So wäre die Ernte ruiniert.

Schon Wahnsinn, was ich alles über Oliven lernte, während ich eigentlich die Weltkarte auf Papier bringen wollte.

Warum ich euch das hier alles erzähle?

Ja, weil ich das damals machte, während ich auf meinen Mentor wartete.

Außerdem dachte ich mir, dass es euch interessiert, weil mir Schreiberling erzählte, dass ihr in Kreuzrath auch einmal versucht habt, Olivenbäume anzupflanzen. Also wenn ihr es nochmal versucht, holt euch einen Experten.

Übrigens habe ich später noch etwas ganz Interessantes gelernt. Meine Kollegen waren scheinbar nicht so stumpfsinnig, wie ich zunächst gedacht hatte:

Oliven, die von selber vom Baum fallen, sind zu sauer, aus denen kann man wirklich nur noch Farbe herstellen.

Ach ja und ich habe gesehen, dass ihr zum Teil extrem schlechtes Öl in den Geschäften kauft. Das wäre uns nie passiert. Deshalb hier noch einen kleinen Tipp vom ersten Karthographen, der auch Olivenbauer war:

Schüttelt kräftig, am besten schon im Geschäft, die Flasche Öl.

Bei gutem Öl steigen viele, extrem kleine Bläschen auf. Das sieht aus wie bei einem Sekt und nur dann habt ihr gutes, dickes und kaltgepresstes Öl. Das gibt es auch günstig.

Steigen wenige, dicke Blasen auf, ist es das nicht! Dann ist der Säuregehalt zu hoch.

Damit könnt ihr vielleicht Ikonen ohne Hintergrund malen!

Die Ernte war eingefahren und viele, mit dem besten Öl gefüllte, Fässer standen zum Verkauf gelagert in Costas Kunstwerkstatt.

Dann läutete morgens die Kirchenglocke Alarm. Ich schaute aus meinem Fenster und sah, dass im Hafen tumultartige Zustände waren.

Schon flog meine Zimmertür auf und einer der Arbeiter schrie:

„Piraten!"

Nur im Rock gekleidet, das Greifbare gepackt, rannten wir ins Landesinnere zu den Bergen. Piraten waren regelmäßig unterwegs. Richtig gefährlich waren sie nur in Küstennähe. Tief in die Berge trauten sie sich nicht hinein. Warum auch, sie kamen zum Plündern und die Menschen in der Stadt waren ihre „Produzenten". Wenn es nicht nötig war, wollten sie keine unnötige Gefahr eingehen und sie wollten auch nicht ihre zukünftigen Produzenten für neues Plündergut vergraulen.

Wir hockten in den Bergen.

Als ich durch meine optischen Gläsern schaute, die ich zum Glück in meiner Rocktasche retten konnte, sah ich die plündernde Horde.

Ungepflegte, wilde Männer, die Türen eintraten und Kisten und Säcke füllten. Ich sah, wie sie unsere Ölfässer rollten und Ikonen aus der Werkstatt trugen. Zunächst war ich wütend, gar rasend vor Wut, doch dann sah ich etwas, was ich nicht glauben wollte und nicht einordnen konnte:

Weiße Zähne!

Wieso hat einer von den Wilden weiße Zähne?

Natürlich wusste ich, wer das war! Aber ich schwieg. Und während ich schwieg, fielen mir die Worte von Mose ein: „Er ist vielleicht sogar mit dem Teufel im Bund."

Als zwei Tage später nachmittags Costa eintraf, ließ ich mir nichts anmerken. Er begrüßte mich überschwänglich und nahm die Berichte seiner Angestellten zum „Piratenüberfall" recht gelassen hin.

„Macht euch keine Sorgen. Der Lebensunterhalt von euch allen ist gesichert. Ich habe noch Erspartes."

Alle Angestellten dachten, dass nach dem Piratenüberfall der Lohn ausbleiben würde. Nun hatten die Angestellten zwar Einbußen hinzunehmen, dankten aber glücklich dem Hausherrn, der sich so fürsorglich kümmerte.

Am späten Nachmittag ging ich mit Costa durchs Landgut.

„Ich habe dich erkannt!" Ich hielt ihm die optischen Gläser hin.

„Dann weißt du ja Bescheid. Willst du wissen warum?"

„Nein! Das machst du, weil du das Verdienst selber haben willst! Ich will da nicht mehr reingezogen werden als notwendig. Wo warst du die ganze Zeit?"

„Ich habe auf türkischen Inseln Eukalyptusbäume angepflanzt."

„Eukalyptus? Du schriebst, das du Malaria bekämpfst!"

„Mache ich ja! Eukalyptusbäume entwässern wie kein anderer Baum die Sumpflandschaften und ohne Sümpfe lebt keine Malariamücke! Den türkischen Prinzen habe ich überzeugt. Ich mache Land fruchtbar und nehme der Malariakrankheit die Grundlage. Und der türkische Prinz war mir so dankbar, dass es viel Gold für eine gute Idee gab."

„Und welche Idee hast du zu meinem Problem?" Sicherlich klang meine Frage grantig und gereizt.

„Eine ähnlich verrückte! Aber entscheidend ist doch, dass sie funktioniert. Komm, setzen wir uns und essen etwas Obst."

Ich setzte mich, sprang wieder auf. Ich war total aufgewühlt. Doch bevor ich Costa anbrüllen konnte, zog er mich am Rock runter und sagte: „Schau her!"

Er hielt etwas in den Händen und reichte es mir. Es war weich und trotzdem hielt es zusammen, es war dehnbar und zog sich immer wieder zurück.

„Was ist das?"

„Kautschuk, es kommt vom Kautschukbaum aus Indien!"

„Aha, und was soll mir das nun sagen?" Wobei mittlerweile meine Wut einer aufsteigenden Neugier wich.

Während ich den Kautschuk inspizierte hatte Costa eine Orange geschält. Ich hatte dem natürlich keine Aufmerksamkeit geschenkt und war ein wenig verwundert, als er nun sprach:

„Schau die Schale der Orange, sie ist wie die Oberfläche der Erde, die du aufs Papier bringen willst. Ich habe hier nun viele Stücke, sie sind in der Mitte breiter und oben, dort wo bei der Erde die Pole sind, sind sie schmaler."

„Ja und darin liegt das Problem, wie will man das nun glatt hinbekommen?"

„Darauf konntest du nicht kommen! Du musst immer die richtige Perspektive haben, deshalb warst du mir ein guter Meister für meine Schüler, aber hier musst du praktisch denken. Du musst die Pole langziehen, wie den Kautschuk!"

„Dann ist es aber nicht mehr echt! Was ist das für eine Karte?"

„Soll die Karte die Wirklichkeit wiedergeben oder soll sie so funktionieren, dass wenn ein Seefahrer geradeaus fährt, er auch auf der Karte geradeaus fährt. Eine Karte muss funktionieren, sie ist ein Werkzeug und kein Kunstwerk!"

Er hatte Recht. Ich hatte immer versucht die Wirklichkeit wiederzugeben, aber nicht versucht vom Problem der Seefahrer auszugehen. Seine Idee war genial, das müsste funktionieren!

Zwei Tage später reiste ich ab und Mitte April war ich zurück in Duisburg.

Nein, es war kein schöner Empfang, was mich in Duisburg familiär erwartete!

Es ist aber zu persönlich, um es hier zu erzählen.

In den nächsten Monaten des Jahres 1569 zeichnete ich die erste Weltkarte.

Und einen ganz besonderen Punkt legte ich dabei auf den Schnittpunkt des 6. östlichen Längengrads und den 51. Breitengrad.

Nein, es ist nicht Gangelt!

Dann hätte ich das Zentrum von Gangelt genommen.

Mose hatte sich um meine Familie gekümmert und als er nach meiner Ankunft nach Hillensberg abreiste, wurde er in den Feldern bei Gangelt überfallen. Während seiner Abwesenheit hatte man entdeckt, dass Mose ein Jude war.

Als er nun mit Ikonen, die ich ihm als Dank von Costa mitgebracht hatte, bei Gangelt entdeckt wurde, wurde er von einem Gangelter Mob wegen unchristlichem Handel mit heiligen Bildern erschlagen.

Der Todesort meines Freundes liegt dort im Feld. Nur ihm zu Ehren habe ich den Punkt auf der Karte festgelegt!

Dezember 2015

Abschluss

Diese Nacht schauen viele von Euch in den Himmel und wenn Ihr dort hoch schaut, dann erinnert Euch und erzählt den Jüngsten, was der kleine Prinz beim Geographen entdeckte:

... Und er warf einen Blick um sich auf den Planeten des Geographen. Er hatte noch nie einen so majestätischen Planeten gesehen.

(Antoine de Saint-Exupéry)

Einige ausgewählte Zitate

„Viele verfolgen hartnäckig den Weg, den sie gewählt haben, aber nur wenige das Ziel." (Friedrich Nietzsche)

„Bäume sind Gedichte, die die Erde in den Himmel schreibt. Wir fällen sie und verwandeln sie in Papier, um unsere Leere darauf auszudrücken." (Khalil Gibran)

"Für den Maulwurf ist die Welt nicht größer und weiter als seine Gänge." Anonym

"Ich habe das Gefühl, dass uns bei unseren Versuchen, die großräumigen Strukturen des Universums zu verstehen, irgendein wesentliches Element fehlt."(Margret Geller)

"Freilich, wenn man unter Geographie nichts anderes versteht als ein trockenes Namensverzeichnis von Ländern, Flüssen, Grenzen und Städten, so ist sie allerdings eine trockene, aber auch zugleich eine so unwürdig behandelte und missverstandene Wortkenntnis, als wenn man von der Historie nichts als ein Verzeichnis von Namen unwürdiger Könige und Jahreszahlen kennt." (Johann Gottfried Herder)

„Ich habe nicht die Hälfte von dem erzählt, was ich gesehen habe, weil keiner mir geglaubt hätte." (Marco Polo)

"Sind Sie wirklich überzeugt, dass all diese vielen Universen - diese Dino-wächst-aus-dem-Erdboden-Universen, diese Hussein-heiratet-Laura-Bush-Universen und diese Harry-Potter-Universen -, dass die genauso real sind wie dasjenige, in dem wir hier sitzen und uns unterhalten?" (SPIEGEL)

"Wir dürfen das Weltall nicht einengen, um es den Grenzen unseres Vorstellungsvermögens anzupassen, wie der Mensch es bisher zu tun pflegte. Wir müssen vielmehr unser Wissen ausdehnen, so dass es das Bild des Weltalls zu fassen vermag." (Francis Bacon)

"Solange ein Mensch noch ein Ziel vor Augen hat, das er erreichen will, noch eine Aufgabe vor sich sieht, die er unter Einsatz all seiner Kräfte lösen muss, so lange wird er nicht wirklich alt." (Fritz Selbmann)

"Denn er hat seinen Engeln befohlen, dass sie dich behüten auf allen deinen Wegen, dass sie dich auf Händen tragen und du deinen Fuß nicht an einen Stein stoßest." (Psalm 91,11-12

„Das ist ein merkwürdiges Land, das wir haben. Wohin ich auch komme, überall gibt es etwas, wovon die Menschen leben können." (Selma Lagerlöf: Nils Holgersson – aus dem Kapitel I Medelpad)

"Nie bekümmert es die Sonne, daß einige ihrer Strahlen weit und vergeblich in undankbaren Raum fallen und nur ein kleiner Teil auf den reflektierenden Planeten." (Ralph Waldo Emerson)

„Ich weiß nicht, wie ich der Welt erscheinen mag; aber mir selbst komme ich nur wie ein Junge vor, der am Strand spielt und sich damit vergnügt, ein noch glatteres Kieselsteinchen oder eine noch schönere Muschel als gewöhnlich zu finden, während das große Meer der Wahrheit gänzlich unerforscht vor mir liegt." (Isaac Newton)

Januar 2016 Schreiberling

Liebe Freunde

Und nun ist alles vorbei! Aber ihr solltet es nicht als abgehakt und abgetan wegtun und zum Alltag übergehen. Seit vielmehr durch Christian Morgenstern inspiriert:

"Man wird wieder aus Himmel und Sternen Bilder machen und Spinnweben alter Märchen auf offene Wunden legen"

Und Janusz-Korczak sagte:

"Jedesmal, wenn du ein Buch fortgelegt hast und beginnst, den Faden eigener Gedanken zu spinnen, hat das Buch seinen beabsichtigten Zweck erreicht."

Lieben Gruß

Euer Gerd und Schreiberling